Tessa et Lomfor

La Forêt des Ombres

E M M A N U E L   V I A U

Tessa et Lomfor

La Forêt des Ombres

Éditions Fleurus - 15/27, rue Moussorgski - 75018 Paris

Les aventures de Tessa et Lomfor

La chute du royaume d'Emeryn prive la jeune princesse Tessa de ses parents et marque, pour elle et ses sujets, le début d'un long exil. Guidés par Ôk le sage dragon, Larania la magicienne et Lomfor le puissant guerrier, ceux qui désormais se surnomment les Voyageurs partent en quête d'une nouvelle terre où s'installer.

Après avoir erré deux années sur les mers, les rescapés du royaume accostent, à la fin de l'été, une plage inconnue et apparemment déserte. Mais ce continent leur réserve bien des surprises…

D'arbre en arbre, elles vont,
Depuis que les arbres sont.
Elles s'étendent le jour,
Tissent entre les branches,
Ondoient dans la brume.
Elles grandissent la nuit,
Et rampent sous les racines.
Grands et beaux sont ses bois ;
Ses ravines demeurent obscures, pourtant.
Prends garde au matin
Dans la forêt des Ombres,
Qu'au soir, elle ne devienne ta tombe.

Chapitre 1

Une famille sur le départ ■ Panorama ■ Des cavaliers sur la route ■ Un puissant sorcier ■ Combats ■ Mauvais sorts

– Faut pas traîner dans l'coin, mam'zelle. Y va pas tarder à faire chaud.

– C'est si beau ici, si tranquille ! La terre semble fertile, l'air est sain et...

– C'est p'têt beau, ma jeune dame, mais ça l'restera pas quand ce s'ra la guerre.

Le regard de la princesse Tessa s'attarda sur les prés et les bois attenants à la ferme.

– Ça m'fait pas plaisir mais faut qu'on s'en aille. On n'a plus qu'la maison et la terre. J'y tiens, c'est là qu'j'suis né et ma fille Sineth aussi. Mais j'laisse tout. J'veux rester en vie. On va à la ville. Là-bas, y a des gros murs, y a des soldats. Et sauf vot'respect, vous d'vriez faire pareil. Faut pas traîner là.

Le vieux fermier s'excusa et chargea encore quelques paquets sur la carriole, à côté de sa femme et de sa fille. Tessa dévisagea la jeune paysanne. Elle était un peu plus âgée qu'elle, très belle, avec de longs cheveux bruns. Ses grands yeux humides de larmes brillaient d'un bleu sombre. La princesse comprit le déchirement que Sineth éprouvait à tout quitter ainsi, sa maison, sa vie ; elle avait elle-même vécu ce genre d'expérience. Elle lui adressa un petit sourire auquel Sineth répondit tristement.

– V'nez donc avec nous, proposa la mère, vous et vos amis. Y a suffisamment d'place à Archst. On trouvera bien de quoi vous employer.

Elle désignait les trois compagnons de Tessa qui l'attendaient plus haut, au sommet de la colline. L'adolescente déclina l'offre.

– Nous sommes bien plus nombreux que cela. Il faudrait que je leur en parle.

– Comme vous voulez, mam'zelle. Mais prenez vite vot' décision. La guerre est là ! dit encore la femme.

Le couple salua la princesse. Le paysan fouetta sa mule et l'attelage s'ébranla. Tessa adressa un dernier signe amical à Sineth juste avant que le fragile équipage ne disparaisse derrière un bosquet de châtaigniers, sur la route qui menait à la ville d'Archst.

Les fermiers avaient tout laissé en l'état, comme s'ils étaient juste partis travailler aux champs pour revenir le soir. Tessa avait de la peine pour eux. « Avec la guerre, tout cela sera détruit. Ils ne retrouveront jamais rien », songea-t-elle. Le vent frais la fit frissonner. Elle remonta le col de sa tunique, avant de grimper en courant la pente de la colline qui surplombait la maison désormais abandonnée. Ses amis se tenaient là : Elmin le druide, Larania la magicienne et l'Elfe Almoë. Ils étaient partis tous les quatre en éclaireurs de la troupe des Voyageurs ; leur campement n'était qu'à une heure de marche.

– Qui était cette jeune fille ? demanda Almoë, l'air innocent.

Tessa, qui n'était pas dupe, sourit :

– Tu as de bons yeux, Almoë. Je parlais plutôt avec son père. Elle s'appelle Sineth. Et si tu veux la revoir, il va falloir que tu coures vite !

– Elle est très belle en tout cas, murmura l'Elfe en se replongeant dans la contemplation du paysage.

Une vaste plaine s'étendait vers le sud, baignant dans une légère brume rendue brillante par le soleil rasant de la fin de l'automne. Des champs, des fermes et des villages s'articulaient autour de petits bosquets aux feuilles rouges. Plusieurs chemins de terre, semblables à celui qu'avaient emprunté Sineth et ses parents, reliaient bourgs, hameaux et maisons isolées à un large carrefour situé à l'ombre des murs d'une grande ville : Archst. Celle-ci était entièrement cachée par ses murailles, mais à la taille de ses fortifications et au nombre de villages qui l'entouraient, on devinait qu'il s'agissait d'une cité majeure, à la fois place forte et centre de commerce.

Aux Voyageurs, qui avaient erré sur les mers et traversé des terres hostiles, cette vision étrange, mi-amère mi-réconfortante, rappelait le pays qu'ils avaient dû abandonner, longtemps auparavant. Tessa et ses amis s'imprégnaient de la quiétude émanant des lieux.

– Toute cette verdure ! On croirait que le printemps est déjà là ! souffla Larania.

– Et quel espace ! ajouta Elmin. Ici, le sol peut nourrir bien des gens !

Les compagnons avaient affronté de multiples dangers pour pouvoir un jour admirer un tel paysage et s'y installer. En découvrant Archst et ses environs, ils avaient envisagé d'y fonder leur communauté et de réaliser ainsi leur rêve. Mais le destin était cruel ! Voilà que les rumeurs d'une guerre trompaient leurs espoirs alors qu'ils touchaient au but…

À l'ouest, une grande ombre bouchait l'horizon. Elmin leur précisa qu'il s'agissait d'une forêt, et il parut à Tessa qu'il prononçait ce mot avec répugnance. Il était difficile de distinguer ce qui se situait à l'est, au-delà des champs noyés dans la brume. Selon le paysan, les combats venaient de cette direction. Quant au nord, les quatre Voyageurs ne souhaitaient pas le contempler : cette route, par laquelle ils étaient arrivés, restait dans leurs souvenirs celle du mauvais temps, de la famine et de bien d'autres souffrances.

La princesse rapporta les paroles du fermier à ses compagnons.

– Je suppose qu'il va nous falloir aller plus loin. Si le vieil homme a dit vrai, nous nous retrouverons bientôt au beau milieu d'une guerre dont nous ignorons tout. Qui sont les envahisseurs ? Que veulent-ils ? Le fermier n'a rien pu m'expliquer, sinon qu'il fallait fuir ou nous réfugier dans la ville.

– Il a raison, fit Almoë, l'Elfe aux yeux perçants. La campagne brûle à l'est. Et les remparts de la cité regorgent d'hommes en armes. L'ennemi progresse rapidement. Nous devrions partir.

Tessa plissa les yeux mais elle ne vit rien de ce que décrivait Almoë.

– Tout semble paisible, pourtant. Regardez, les animaux sont encore dans les champs…

Almoë sourit :

– Comme tu le remarquais tout à l'heure, princesse, les Elfes ont une meilleure vue que les humains. Si les animaux sont dans les champs, c'est parce que leurs propriétaires les y ont laissés malgré la saison froide qui approche. Eux-mêmes sont en fuite et tous se dirigent vers Archst. Pour certains, il est déjà trop tard… J'aperçois des troupes qui s'avancent à leur rencontre.

– Qu'allons-nous faire, Larania ? demanda Tessa, les sourcils froncés.

Comme la magicienne ne répondait pas, Elmin intervint :

– Nous devons nous rendre à Archst et prêter main-forte aux habitants de la ville. L'est est condamné. Le nord, nous le connaissons…

– Et l'ouest, la forêt ? fit Larania.

– Il faut l'oublier ! Il serait plus sûr de revenir sur nos pas…

– Repartir vers le nord ? C'est impossible ! s'écria Tessa. Il n'y a rien là-bas, tu le sais. Ce ne sont que des terres désolées, du vent et de la pluie. Et l'hiver arrive. Pourquoi ne pas choisir la forêt ?

Le druide rechignait à s'expliquer. La magicienne insista :

– Parle, Elmin. Qu'y a-t-il dans ces bois ?

De tous les Voyageurs, le jeune homme était le seul à être né sur ce continent. Avec lenteur, il répondit :

– Beaucoup de choses… des bonnes, mais surtout des mauvaises. Je connais cette forêt de réputation. Voilà tout ce qui reste des grands bois qui recouvraient les terres avant que les hommes ne s'y installent. Un pouvoir ancien vit là. C'est ce que racontent les druides. Ils prétendent aussi que les hommes n'ont pas… enfin, que ce n'est pas leur domaine.

Larania, Almoë et Tessa le pressèrent de poursuivre. À contrecœur, Elmin s'exécuta.

– *Urchi-aê-ulum* : tel est son nom, dans notre langue à nous autres druides. Dans le langage courant, cela signifie à peu près « Celle-des-Ombres ».

Après un silence, il ajouta :

– Mon ancien maître m'a aussi enseigné qu'on n'y entre pas à la légère. Certains n'en sont même jamais revenus.

Tessa avait le regard fixé sur les étranges yeux dorés du jeune homme : il semblait plongé dans de douloureux souvenirs. Elmin chassa d'une main les larmes qui coulaient sur ses joues.

– Voilà pourquoi le seul choix possible est celui de la ville.

– Trop tard ! s'exclama Almoë. La route est coupée !

Il pointa le doigt sur Archst par-dessus la plaine. Sur le chemin que les paysans avaient parcouru un moment auparavant, galopait un petit groupe de cavaliers. Leur allégeance ne faisait aucun doute. Ce n'étaient pas des soldats d'Archst, car ils incendiaient méthodiquement les champs et les maisons qu'ils rencontraient. La patrouille était encore loin mais elle fonçait droit sur Tessa et ses compagnons.

– Filons, rejoignons les autres ! Nous avons trop traîné ! ordonna Larania.

Ils dévalèrent la colline au pas de course et s'engagèrent sur la route de terre.

Les Voyageurs avaient franchi plus de la moitié de la distance les séparant de leur camp lorsque les cavaliers surgirent dans leur dos au galop. Rattrapés au sortir d'un bois, au milieu d'une clairière entourée d'arbustes aux feuilles piquantes, les quatre compagnons n'eurent pas le temps de se cacher ni même de penser à le faire. Encerclés, ils élevèrent leurs mains en signe de paix.

Allant et venant autour d'eux, les soldats les forcèrent à se tenir dos à dos, à grand renfort de gestes brusques. Ils étaient une dizaine, lourdement parés d'armures brunes et poussiéreuses, avec de larges épées ; sur le fil des lames tranchantes étaient forgées des épines de métal aiguisé. Les visages des assaillants disparaissaient sous des heaumes sinistres et cabossés. Si leur équipement était sale, usé par maintes batailles, sa solidité ne semblait pas avoir été mise à l'épreuve. Les chevaux – les plus impressionnants que la princesse ait jamais contemplés – possédaient eux aussi un harnachement de guerre. Ils piaffaient nerveusement, l'écume aux lèvres. L'odeur qui se dégageait de cette troupe était celle de la sueur et du sang.

Tessa aperçut soudain, accrochées à la selle d'un des cavaliers, les têtes du vieil homme et de la femme à qui elle avait parlé plus tôt dans l'après-midi. Sineth, leur fille, attachée et jetée en travers de la selle d'un autre soldat, était inconsciente. Almoë remarqua les horribles trophées, la jeune fille, et il blêmit. Il interpella les soldats :

– Lâches ! Est-ce ainsi que vous combattez ? Vous n'avez donc pas d'ennemis à votre mesure ?

En guise de réponse, les cavaliers tirèrent leurs épées et les pointèrent vers lui. Tessa entendit Larania murmurer l'une de ses incantations. La magicienne se préparait à l'affrontement. L'adolescente en aurait pleuré de rage : elle avait traversé l'Océan, erré aux limites de l'horreur et de la mort, fui une guerre dans laquelle elle avait perdu ses parents et son pays, tout cela pour se retrouver une nouvelle fois au cœur d'un combat qu'elle ne comprenait pas…

– Qui êtes-vous ? hurla-t-elle. Que voulez-vous ? Nous n'avons rien qui puisse vous intéresser !

Le rire glacial de l'un des hommes lui parvint, à moitié étouffé par le heaume :

– Rien ? Tu fais peu de cas de toi ! Tu es jeune, jolie… et tu as du caractère !

Tessa brandit à son tour son épée. La lame en diamant scintilla.

– Alors, venez me chercher. Vous êtes pires encore que des corbeaux pour vous attaquer à plus faibles et moins nombreux que vous.

Elmin leva son bâton devant lui. Almoë banda son arc. Les cavaliers ricanèrent et resserrèrent leur cercle.

Du coin de l'œil, Tessa distingua un mouvement à ses côtés. Il y eut un violent éclair et un bruit assourdissant. Les chevaux hennirent de terreur et se dispersèrent dans le désordre le plus complet. Deux guerriers chutèrent, les autres mirent quelque temps à reprendre le contrôle de leur monture. Larania était passée à l'action. Tessa respira.

Les hommes reformèrent leur groupe un peu plus loin, sous le couvert des arbres. Ils firent face aux Voyageurs. Hors d'elle, la princesse les apostropha :

– C'est inutile ! Partez ! Nous avons une magicienne avec nous !

Comme pour confirmer ses paroles, Larania tendit ses mains devant elle. Des flammes couraient au bout de ses doigts. Les soldats hésitèrent et Tessa crut un instant avoir remporté la partie.

Soudain, le rang des cavaliers se rompit. Ils s'écartèrent respectueusement sur le bord de la route et leurs chevaux se cabrèrent, pris de panique. Un nouveau venu s'avança alors.

Plus grand que les autres, il montait un cheval aussi noir que la nuit. Son armure était noire elle aussi, et des lettres de feu flamboyaient le long de ses brassières. Tessa pensa aussitôt aux tatouages de son ami Lomfor. Elle aurait tant aimé qu'il soit ici avec eux : la seule carrure du barbare aurait sans doute dissuadé les assaillants.

L'attention de l'adolescente fut attirée par le heaume de l'étranger. Comme il chevauchait tranquillement, laissant sa troupe derrière lui, Tessa comprit qu'il ne portait pas de masque de guerre mais qu'il allait tête nue. La princesse souhaita n'avoir jamais contemplé telle figure : les deux yeux qui la fixaient brillaient froidement au milieu d'un visage dont elle ne parvenait pas à identifier la matière. Était-ce du cuir ? de l'écaille ? Choquée, elle réalisa que c'était de l'os auquel se raccrochaient des lambeaux de chair et de muscles.

– Une magicienne, dis-tu, fillette ? Voilà qui est intéressant.

La voix, très grave, empruntait les accents d'une conversation amicale. L'être menait son cheval au pas, lentement, goûtant la terreur qui envahissait le cœur et l'esprit des Voyageurs. Même sa monture semblait affolée de porter un tel cavalier : ses naseaux écumaient et ses yeux écarquillés roulaient au fond de leur orbite.

– Moi aussi, je suis magicien… plutôt porté vers la sorcellerie. Sans doute pourrions-nous confronter nos talents ? Ta magicienne semble produire de belles lumières et des bruits intéressants.

Tessa se mit à suffoquer, comme si l'air autour d'elle se raréfiait à mesure que le sorcier approchait. Sous les sabots du cheval, elle vit l'herbe se racornir et la terre s'assécher. L'adolescente avait déjà eu affaire à des créatures d'une puissance terrible, mais aucune ne lui avait inspiré une telle horreur. Larania baissa les bras, résignée.

– Va-t'en, Tessa, souffla-t-elle. Ce n'est pas humain.

L'arc d'Almoë se détendit. La flèche partit en sifflant et se ficha dans le visage du cavalier. Il ne se passa rien. Ce dernier continua d'avancer, la flèche plantée sous son œil gauche. Les Voyageurs reculèrent. Puis l'arc d'Almoë se brisa et tomba en poussière.

– L'un de mes hommes t'a réclamée, fillette. Viendras-tu, ou bien faut-il que j'aille te chercher ?

Avec un cri de rage, Larania s'élança, doigts tendus de nouveau, et la boule de feu qu'elle retenait entre ses mains jaillit. Le projectile prit de la vitesse sur la courte distance qui séparait Larania du sorcier. Alors qu'il allait le frapper, le magicien éleva la main et le recueillit en plein vol. La boule enflammée se posa délicatement dans ses larges paumes faites d'os et de muscles à vif. Le sorcier la cajola un instant.

L'objet se transforma en un petit oiseau piaillant. L'être arracha la flèche de son visage et, passant la main dessus, lui donna la forme d'un serpent.

Vivant.

Médusées, Larania et Tessa virent le cavalier jouer avec l'oisillon et le serpent. Vint le moment où le serpent goba le volatile. La bouche du sorcier s'ouvrit en un sourire monstrueux qui fendit littéralement sa figure en deux. À son tour, il engloutit le serpent. Puis il reprit sa marche jusqu'à ce que les naseaux de son cheval frôlent la tête de la magicienne. Celle-ci était toute blanche. C'était la première fois que Tessa la voyait à ce point tétanisée.

– Attachez-les. Et faites-en ce que vous voulez. Elles sont à vous, ordonna le géant à ses hommes.

– Et les autres ?

Elmin tenait toujours son bâton devant lui, mais ses mains tremblaient. Almoë n'avait pas bougé. Son esprit semblait s'être envolé vers d'autres cieux.

– Nous n'avons pas besoin de prisonniers. Tuez-les.

Et le sorcier s'en retourna sans un regard en arrière.

Deux des guerriers mirent pied à terre et s'approchèrent des femmes impuissantes. Deux autres firent de même, menaçant Elmin et Almoë de leurs terribles épées. L'Elfe et le druide reculèrent hors du chemin jusqu'à ce qu'une haie d'arbustes stoppe leur mouvement. Arc et bâton furent confisqués puis réduits en miettes. Les deux compagnons ne cillèrent pas lorsque les épées à épines décrivirent un grand cercle dans l'air, visant leur cou.

Elles n'atteignirent jamais leur but.

Un cri de guerre retentit et les soldats, incrédules, s'affaissèrent doucement, regardant le sang qui jaillissait de dessous leurs armures. Surgissant de la haie où il se tenait accroupi, le Nain Rhâakzi cria encore, levant haut sa hache ensanglantée.

– Brunhof, ma hache est plus rapide que ton arc !

Derrière les buissons, Brunhof maugréa une réponse désagréable. L'action n'avait duré qu'un instant et là-bas, dans le bois, les cavaliers furent trop surpris pour engager une contre-attaque. Elmin et Almoë se placèrent aux côtés du Nain et du chevalier.

– Dites, les gars, s'écria joyeusement Rhâakzi, c'est un peu plus équilibré comme combat, non ?

– Rhâakzi ! Brunhof ! hurla Tessa, ne restez pas là. Ils ont un sorcier avec eux. Ils…

Le soldat qui la ligotait lui appliqua une gifle sonore. Malgré cela, la princesse était soulagée : si le Nain et le chevalier étaient là, les autres ne devaient pas être loin. Aussitôt après, son agresseur s'effondra, une flèche en travers de la gorge.

Le Nain rit :

– Ton œil est bon, Brunhof. Mais je te préviens, l'autre est pour moi.

Tout en parlant, il s'était approché des prisonnières. Le second soldat dégaina son épée. L'arc de Brunhof devança cette fois encore la hache du Nain. Celui-ci s'énerva :

– Tu n'avais pas besoin de faire ça ! Je l'avais ! Tu triches !

Tout cela était irréel : d'un côté, Brunhof et Rhâakzi se livrant à leur joyeuse et macabre compétition, de l'autre, le sorcier et sept cavaliers, immobiles, contemplant la scène avec intérêt. Et au milieu, Tessa et Larania, les mains entravées, deux cadavres à leurs pieds.

Les cavaliers décidèrent de charger. Celui qui tenait Sineth à l'arrière de sa selle la jeta à terre et les sept hommes s'élancèrent. Le petit groupe des Voyageurs formait une cible idéale. Il ne fallait pas grande expérience en matière militaire pour deviner que, quels que soient leur courage et leur force, ils n'avaient aucune chance contre une attaque en règle. Almoë s'approcha de Brunhof qui était resté sur le bord du sentier.

– Prête-moi ton arc.

Tessa et Larania coururent aussi vite qu'elles le purent pour s'écarter de la trajectoire des assaillants. Elmin les aida à se débarrasser de leurs liens et les mena jusqu'à un arbre en retrait du chemin. De là, ils assistèrent au combat.

Après avoir confié son arc à Almoë, Brunhof tira son épée et rejoignit Rhâakzi sur la route. Solidement campés sur leurs jambes, ils guettèrent l'arrivée de leurs ennemis. Au dernier moment, ils se mirent à plat ventre ; les chevaux de tête, surpris par la réaction des deux hommes, se cabrèrent.

De son côté, Almoë décocha une flèche qui tua l'un des soldats en armure. De nouveau debout, Rhâakzi, d'un rapide aller et retour de sa hache, en élimina un autre. Brunhof joua de l'épée au milieu de la confusion qui suivit. Voyant ses coups parés, il se dégagea de la mêlée mais se retrouva encerclé par trois ennemis. En garde, le chevalier attendit que ses adversaires portent le premier coup. De son côté, l'Elfe pointa son arc vers le cheval du sorcier : les sabots de la monture, affolée par la bataille, frappaient le sol, à quelques centimètres du corps inerte de Sineth.

Le magicien commençait à se lasser d'un combat qui durait trop à son goût. Il esquissa un geste rapide dans les airs et l'arc de l'Elfe cassa brusquement. Au même instant, la hache de Rhâakzi ripa sur l'épée de son adversaire. Emporté par son élan, le Nain baissa sa garde. L'un des chevaux se dressa sur ses pattes arrière et ses sabots heurtèrent le casque du petit guerrier. Celui-ci vacilla tandis qu'un filet de sang dégoulinait sur son visage. Brunhof sentit une extrême lassitude envahir ses membres. Malgré cela, ahanant, soufflant comme un diable, il repoussa deux attaques et réussit à transpercer l'armure de l'un de ses assaillants. En représailles, les autres le touchèrent à la cuisse et au bras.

Alors que le sorcier préparait un nouvel enchantement, Almoë sortit un coutelas de sa ceinture et se mit à courir dans sa direction. Le regard du magicien se porta brusquement sur lui. L'Elfe trébucha puis chuta lourdement. Tessa vit le malheureux glisser sur le sol, entraîné à une vitesse surnaturelle. Elle voulut l'aider mais Elmin la retint fermement.

– Lâche-moi ! Lâche-moi ! Il va le tuer !

Le sorcier attirait Almoë sous les sabots de son cheval. L'Elfe, ayant tenté en vain de s'accrocher aux aspérités du sol, se retrouva couché aux côtés de Sineth. Soudain, un nouveau combattant s'engagea dans la lutte. Il déboula derrière le sorcier et lui décocha un terrible coup dans le dos.

– Lomfor ! Lomfor ! s'écria Tessa.

Elmin leva les bras en signe de victoire. Les soldats qui ferraillaient avec le Nain et le chevalier relâchèrent leur attention, surpris par l'intervention du barbare. Ils le payèrent de leur vie. Un cavalier fit mine de se rendre, mais Brunhof, enragé, le décapita après l'avoir jeté au sol. Puis il se dirigea en boitillant vers Lomfor et le sorcier.

Lomfor le barbare était vraiment grand. Et fort. Le coup de hache qu'il avait asséné à son adversaire aurait coupé un arbre en deux. Là, il n'avait réussi qu'à faire tomber le monstre de son cheval. Celui-ci, enfin libre, s'enfuit avec un hennissement de terreur.

Le sorcier et le barbare se firent face, leurs regards étroitement entremêlés. Lomfor recula, visiblement étonné. Puis Tessa entendit l'étranger s'exprimer dans une langue qu'elle ne connaissait pas.

– Vas-y ! Tue-le ! cria la princesse.

Lomfor tenait son ennemi à portée de sa hache, mais il ne se décidait pas à frapper. Les deux combattants échangèrent quelques mots, juste avant que Brunhof ne les rejoigne en hurlant, son épée dressée au-dessus de lui…

Dans le lointain, vers Archst, on perçut alors une grosse explosion suivie d'un long fracas de trompettes et de tambours. Le sorcier se releva brusquement de toute sa taille et tendit les bras. Pour les Voyageurs, le temps se figea, comme si leur ennemi l'avait ralenti ou stoppé. Un silence formidable s'abattit et tous, hormis le sorcier, restèrent immobiles. Celui-ci prit alors la parole d'une voix claire et forte, et prononça à l'adresse de chacun des mots qui sonnèrent comme des injonctions.

À Brunhof, le magicien dit ceci :

– La noirceur de ton âme ne te quittera plus.

Rhâakzi entendit quant à lui :

– Ta hache et ton humeur me plaisent, Maître Nain, aussi te laisserai-je tranquille. Permets-moi juste de t'enlever ceci.

La longue barbe qui envahissait le visage du Nain s'effilocha, tombant en pluie à ses pieds.

Plus sévères furent les mots pour Almoë :

– Pauvre et pitoyable Elfe. Que l'amour vous afflige, toi et cette vermine !

Une horrible cicatrice défigura soudain le beau visage de Sineth. Almoë prit la jeune fille dans ses bras et poussa un hurlement de chagrin.

Le sorcier conseilla ensuite à Larania de travailler son art, et le ton sur lequel ce sarcasme fut prononcé emplit de honte le cœur de la magicienne.

– Ton regard est étrange, druide, et beau, sans doute. Que penses-tu de celui-ci ?

Elmin sursauta et porta les mains à ses yeux. Il s'agenouilla avec un sanglot.

Tessa suffoqua lorsqu'elle comprit les mots du sorcier :

– Ce fut une heureuse rencontre, jolie princesse. Dommage que je n'aie pas le temps de la mener à son terme. Ton gentil peuple devrait aller se cacher. Très loin. Je suis curieux de savoir combien de temps je mettrai à le retrouver. Quant à toi… Je ne te reverrai pas. Tu es condamnée, petite fille. Ta vie se compte désormais en jours et non plus en années. Adieu, donc !

Vint enfin le tour de Lomfor.

– Mon vieil ami ! Après toutes ces années… Pourquoi ne pas revenir ? Tu n'as qu'un mot à dire, un seul ! En attendant…

Les dessins tatoués qui couvraient les bras et le buste du barbare quittèrent sa peau, s'élevant comme un vol de papillons dans les airs. Après un moment, ils s'évaporèrent. Le guerrier esquissa un geste pour les retenir. Puis il se mit à pleurer, tel un enfant.

Alors, le sorcier grandit, grandit jusqu'à toucher la cime des arbres qui bordaient le chemin. Et le temps reprit son cours. L'épée de Brunhof passa au travers du corps maléfique. Mais là où elle aurait dû rencontrer de la chair et de l'os, la lame ne trouva que du vide. Emporté par son élan, le chevalier alla finir sa course contre un arbre, s'assommant à demi.

Le sorcier disparut d'un coup, comme un nuage chassé par le vent. Hébétés, vaincus, humiliés, les Voyageurs n'osèrent même pas se regarder. Un peu plus tard, leurs compagnons, menés par Ôk, le vieux dragon, les trouvèrent ainsi prostrés.

Chapitre 2

Lomfor fait des mystères ■ Maudits ■ Songes d'une nuit d'automne ■ Le miracle de l'amour ■ Les chasseurs ■ Comprendre la forêt ■ Une sombre vallée

Les Voyageurs désiraient mettre la plus grande distance entre eux et les armées du sorcier, sinon le sorcier lui-même. Aussi marchèrent-ils longtemps, tard dans la nuit, jusqu'à ce que l'Onde, la Lune d'automne, ait atteint son zénith. Malgré les avertissements d'Elmin, Ôk et Larania conduisaient la troupe vers la forêt : il était clair que le sinistre cavalier avait pris possession d'Archst et de sa région, et seuls les bois paraissaient susceptibles d'offrir une protection à leur fuite. Alors qu'ils avançaient à pas forcés, Tessa s'interrogea sur le comportement de Lomfor qui n'avait pas prononcé une parole depuis les événements du matin. Son regard vide, éteint, la consternait.

– Qui est ce monstre ? finit-elle par lui demander. À un moment, tu le tenais, mais tu ne l'as pas tué. Tu le connais, n'est-ce pas ?

Le visage fermé, le barbare ne répondit pas. La princesse insista :

– Lomfor, qui est-ce ? Tu dois nous le dire. Il en a après nous désormais et il faut que nous sachions comment…

– Il faudrait quitter ce monde pour être à l'abri, intervint brutalement son compagnon.

Puis, sur un ton plus doux, le guerrier ajouta :

– Que veux-tu savoir de plus ? Tu as vu son pouvoir, la façon dont il a joué avec nous ! Nous ne pouvons le combattre et la fuite n'est qu'un répit. Il nous a sentis, Tessa, identifiés. Nos odeurs, nos visages, nos esprits sont à jamais en lui…

– Il t'effraie à ce point ? Toi ?

Lomfor fit mine de ne pas avoir entendu la question.

– Nous avons eu de la chance de nous en sortir vivants. De la chance… et de la malchance. À partir d'aujourd'hui, nous ne serons plus jamais en sécurité. Nulle part.

Et ce fut tout. Le géant se renfrogna et Tessa ne tira plus rien de lui. Il était visiblement bouleversé. Après l'attaque, son premier geste avait été de se couvrir d'une grande cape pour masquer son torse nu. Lui qui, dans le froid et la pluie, n'avait jamais revêtu le moindre habit ! Mais la jeune fille savait maintenant que la perte de ses tatouages n'était pas la seule chose qui le préoccupait.

« Sommes-nous donc condamnés à errer dans le malheur, le doute et la peur ? Cela cessera-t-il un jour ? » songea-t-elle amèrement en regardant les visages défaits de ses compagnons. Les mots du sorcier – *Ta vie se compte désormais en jours et non plus en années* – étaient présents à son esprit. Mais elle avait du mal à leur donner un sens ou même à y croire. Pour elle, le monstre avait juste voulu l'effrayer.

Le changement de direction affecta le moral et le comportement des Voyageurs. Juste avant la bataille, la troupe se préparait à entrer en ville. Après de longs mois de privations, c'était une perspective heureuse : pouvoir se reposer, acheter des vivres, reprendre des forces et, pourquoi pas, trouver un travail en attendant le retour du printemps ! Pour cette raison, leur progression obstinée, morne et silencieuse s'était faite plus légère depuis quelques jours, jusqu'à devenir rapide et joyeuse. Les enfants allaient et venaient en riant autour des chariots, et leurs parents se réjouissaient à l'idée de leur offrir davantage de confort. Du coup, les réserves de nourriture avaient été distribuées avec largesse. Enfin, on avait rangé la plupart des armes dans les voitures.

Les rumeurs de guerre et l'altercation avec le sorcier changèrent tout cela, alors que les compagnons s'imaginaient déjà à l'abri pour l'hiver. La peur reprit ses droits, accentuée par les avertissements du druide à propos de la forêt :

– Ne vous éloignez pas du chemin. Ne criez pas. Restez groupés. Et surtout, ne touchez pas aux arbres.

Parmi les Voyageurs, si Brunhof et Tessa semblaient insensibles à la malédiction du sorcier, il n'en allait pas de même pour les autres. Rhâakzi, honteux, portait désormais un foulard sur le bas du visage. Larania avait perdu beaucoup de sa superbe et de son assurance. Plusieurs fois, Tessa l'avait observée à la dérobée, et elle était convaincue que la magicienne n'utiliserait plus son don avant longtemps. Par ses sarcasmes et ses pouvoirs surnaturels, le sorcier lui avait retiré la confiance en soi dont un magicien a besoin pour exercer son art. Elmin avait conservé son regard, celui qui ne laissait pas la princesse indifférente. Mais c'était un regard vide à présent, car le sorcier lui avait ôté la vue. Malgré l'atrocité de cette mutilation, Elmin demeurait serein. À ceux qui le plaignaient, il répondait :

– On peut voir sans les yeux. Un druide possède, heureusement, d'autres sens.

Mais tous avaient perçu le doute dans sa voix.

Restaient les cas d'Almoë et de Sineth. Allongée à l'arrière d'un chariot, celle-ci avait repris connaissance. Elle avait crié, pleuré, revivant l'horrible scène de la mort de ses parents. Puis son attention s'était portée sur Almoë et son comportement avait changé immédiatement. Elle sécha ses larmes et demanda :

– Suis-je dans un rêve, chevalier ? J'étais entre les mains de guerriers effrayants et me voici ici, en votre compagnie. Est-ce vous qui m'avez tirée de ce mauvais pas ?

Almoë pleura car il avait en tête la malédiction du sorcier et, sous les yeux, le terrible renflement de chair violacée qui défigurait Sineth. Il ne trouva pas le courage de lui avouer le mal dont elle était affligée, et interdit à quiconque de lui en parler. Malgré le chagrin, l'Elfe ne regardait qu'elle et elle ne voyait plus que lui. Au moindre soupir de Sineth, Almoë accourait, prenait ses mains dans les siennes et la rassurait par des mots tendres. La jeune fille tomba amoureuse de lui sans même s'en rendre compte et la malédiction s'accomplit : Almoë et Sineth étaient liés l'un à l'autre à jamais.

– Nous nous arrêterons là, lança soudain Ôk.

La lueur de l'Onde tombait en fins rayons sous la frondaison des arbres, dévoilant un espace dégagé juste devant une barrière plus sombre que la nuit : la troupe se trouvait à la lisière de la forêt. Tessa se retourna et fit passer le message du dragon.

Il fallut encore quelque temps avant que les Voyageurs ne s'installent autour des chariots dans la clairière. Ils puisèrent dans les réserves de nourriture, puis, par petits groupes, ils allèrent se reposer, se couvrant d'épaisses toiles et de peaux de bêtes pour se protéger du froid. La garde du camp fut laissée aux Elfes, qui pouvaient dormir tout en restant éveillés.

Lomfor ne se coucha pas cette nuit-là. Il s'écarta légèrement du camp, s'enfonça de quelques pas dans la forêt et s'assit au pied d'un grand hêtre. Adossé contre l'écorce lisse, il laissa son regard se perdre dans l'obscurité.

Aventure
EMMANUEL VIAU
Tessa et Lomfor
Le Rivage des Gobelins
Aventure
EMMANUEL VIAU
Tessa et Lomfor
Le Lac des Sans-Âme
FLEURUS
Aventure
EMMANUEL VIAU
Tessa et Lomfor
La Forêt des Ombres
FLEURUS

Son esprit s'échappa loin dans ses souvenirs, alors qu'il était plus jeune encore que Tessa. « Tessa… Comment pourrai-je un jour te dire tout cela ? Et comment me jugeras-tu alors ? »

Il est aux aguets, derrière la crête déchiquetée d'une montagne gelée. Il attend cet ordre qui ne vient pas. Il a froid, il sent la circulation de son sang ralentir. À force de rester dans cette position, ses genoux sont en sang. Ses lèvres bleuissent, il le sait. Il sait aussi que, tout à l'heure, la chaleur du combat sera telle qu'elle lui montera à la tête. Il aura chaud, il transpirera. Il sait qu'il deviendra incontrôlable. Il ne percevra pas les coups des adversaires, pas plus qu'il ne les verra tomber sous les assauts de sa hache encore trop grande pour lui. En lui monte une ardeur nouvelle qu'il ne se connaissait pas. Il est heureux d'être ici, avec ses frères, ses camarades. Silencieusement, il remercie son père ; n'est-ce pas grâce à lui qu'il va enfin pouvoir prouver sa valeur ?

L'ordre tombe derrière lui – un cri plaintif et prolongé, qui se confond avec les hurlements de la tempête naissante, au-dessus des sommets des montagnes voisines. Les nuages se déchirent sur les arêtes rocheuses et sur la pointe des épées. Ils enveloppent Lomfor et ses compagnons qui se dressent, ombres noires environnées de flocons de neige glacée. Sa hache pèse deux fois son poids, mais il est fier de la soulever et de déva-

ler la pente. Il trébuche sur une pierre, s'écorche les coudes et le visage, puis se relève en jurant, en riant… Sa joie furieuse prend racine dans celle de ses compagnons. Leurs chants de guerre s'abattent sur l'ennemi en même temps que les armes. La tuerie commence, les monts se remplissent d'échos. Lomfor oublie qu'il a onze ans et que c'est son premier combat.

Le contact de l'eau tira le barbare de ses pensées.

Il pleuvait ; les gouttelettes, ruisselant en cascades cristallines sur les feuilles les plus basses, frappaient le sol. La forêt entière résonnait de cet étrange frisson qui se propageait sans fin : les arbres vivaient les derniers instants de la saison de l'Onde et murmuraient avec mélancolie. Bientôt s'installerait la saison sans Lune, celle de l'hiver aux longues nuits noires, où les griffes du froid affûtées par les vents s'enrouleraient autour des branches nues, forçant des milliers de vies à se retirer sous les racines. Les bois deviendraient alors le territoire des loups et des corbeaux décharnés.

Lomfor percevait lui aussi la fin de l'automne à travers l'absence de bruit et de mouvement – excepté celui de la pluie. Et cette formidable odeur d'humus qui filtrait de sous la terre jusqu'à lui faire tourner la tête ! Son esprit vigilant détecta cependant tout ce qui vivait là et qui n'était ni animal ni végétal. Ce n'était pas une forêt comme les autres, Elmin les avait prévenus. Des peuples inconnus l'habitaient, pour qui automne, hiver ou printemps ne signifiaient rien. Des êtres et des choses étrangers aux affaires des hommes.

Le géant se redressa, tous les sens en alerte. Il ne voyait rien, n'entendait rien, mais il sentait que c'était proche. On le regardait, on l'étudiait avec curiosité, intérêt ou… hostilité. C'était derrière lui, devant ou au-dessus de lui… Il crut distinguer entre les troncs un bref éclair, comme un clignement d'yeux froids. Mal à l'aise, il décida de rentrer au camp.

Un cri déchirant éclata au même moment.

Les Voyageurs se réveillèrent en pleine confusion. Puis quelqu'un alluma une torche qui grésilla sous la pluie fine. Un petit attroupement se forma autour de l'un des chariots. Lomfor s'approcha de Tessa :

– Qu'est-ce que c'était ? Ce cri…

– Sineth, fit la princesse tristement. Almoë lui a parlé. Il lui a dit pour son… visage.

Elmin, Ôk et Larania furent appelés ; ils unirent leurs efforts à ceux de l'Elfe pour réconforter la malheureuse. Un peu plus tard, ils rejoignirent Tessa et le barbare.

– Comment va-t-elle ? demanda l'adolescente.

– Étonnamment bien, passé le premier choc, répondit le dragon. Je suis surpris. Le sorcier n'avait sans doute pas prévu cela… L'amour fait des miracles ! Comme si leur épreuve les rendait plus forts.

– Ils sont bouleversés, ils rient, pleurent… Ils se promettent un amour éternel, ils s'embrassent et, euh… enfin, nous les avons laissés seuls, ajouta la magicienne avec un gloussement.

Le druide hocha la tête :

– Leur cœur est rempli de joie. Ils ont l'air tout ce qu'il y a de plus heureux… J'avoue que cela me dépasse.

Tessa sourit :

– Almoë est tombé amoureux d'elle au premier regard, bien avant que le sorcier ne les maudisse ! Dire qu'il a cru les affliger ! Il n'a fait qu'amoindrir les effets de la blessure de Sineth. Au milieu de nos malheurs, c'est quand même une bonne chose ! Une belle histoire d'amour, cela nous manquait, non ?

– J'aurais préféré ne jamais rencontrer cette… créature, souffla Elmin d'une voix neutre.

Larania baissa la tête et Tessa se mordit les lèvres ; le druide était aveugle, la magicienne dans l'incapacité d'exercer son art. Lomfor, lui, savait que rien de ce que faisait le sorcier n'était vain…

Au matin, tandis qu'un vent froid chassait les nuages de pluie pour en amener d'autres, Sineth et Almoë se mêlèrent aux Voyageurs près du grand feu allumé pour leur déjeuner frugal. Les deux amoureux se tenaient par la main. Ils s'assirent sur le sol et saluèrent la compagnie. Rares furent ceux qui parvinrent à regarder la jeune fille dans les yeux. La cruauté du sorcier apparut dans toute son inhumanité. Car Sineth restait belle. La douceur et la régularité de ses traits, l'innocence de son regard n'étaient pas altérées. Mais pour percevoir cela, il fallait passer outre la cicatrice, oublier cette barre de chair boursouflée qui traversait son visage de la racine des cheveux jusqu'au menton. Almoë, dans son amour, ne voyait plus cette monstrueuse blessure. Elmin, aveugle, et ceux qui, comme Ôk, n'étaient pas humains, ne s'en offusquaient pas non plus. Quant aux autres…

– Quel gâchis ! murmura une vieille femme assise à côté de Tessa. Tant de bonheur et tant de malheur en même temps. Maudit soit le responsable !

Tessa ne répondit pas. Ses yeux parcoururent l'assemblée.

– Où sont Rhâakzi et Brunhof ? s'inquiéta-t-elle soudain.

– Le Nain doit être parti se raser, non ? lança une Elfe.

Et tous éclatèrent de rire.

Quelques hommes se levèrent et les cherchèrent dans le camp, puis à la lisière des arbres. On les appela, mais les deux amis ne réapparurent qu'en milieu de matinée, traînant derrière eux un grand cerf. Leurs gibecières débordaient d'animaux à poils et à plumes.

– Ohé ! clama Rhâakzi, attisez le feu, vite ! Il nous faut quatre bons archers, cette forêt recèle des trésors de nourriture !

– Nous pourrions nous établir en ces lieux, lâcha fièrement le chevalier. Qu'en pensez-vous ?

Sous les regards consternés de Tessa et de Ôk, ils déposèrent le gibier mort sur le sol.

– Que se passe-t-il ? demanda Elmin qui arrivait.

– Eh bien... bredouilla Ôk en fixant le cerf, Brunhof et Rhâakzi rentrent de la chasse.

Le visage du druide s'empourpra.

– Qu'avez-vous fait ? s'emporta-t-il. Imbéciles ! Ne vous ai-je pas mis en garde !

– Ben... on n'a pas touché aux arbres, répondit Rhâakzi benoîtement. Tu n'as rien dit au sujet des animaux !

– Nous les avons chassés à la régulière. Pour manger, Elmin, pour manger ! ajouta Brunhof, les sourcils froncés. Sais-tu où en sont nos réserves de nourriture ?

Le druide s'était agenouillé près de l'animal. Ses mains couraient le long du cadavre, à la recherche d'un souffle de vie à ranimer.

– Non ! Il ne fallait pas. Vous auriez dû m'en parler avant. Nous ne sommes pas chez nous ici ! Nous aurions dû demander la permission. Il y a... des règles à respecter !

Elmin était bouleversé.

– Demander la permission aux champignons, c'est cela ?

Brunhof éclata de rire et poussa Rhâakzi du coude.

– Les feuilles mortes vont se réveiller et nous attaquer ? Tu sais que tu m'effraies, druide ?

Elmin se redressa comme un diable, empoignant le chevalier.

– Tais-toi ! Tu ne sais pas de quoi tu parles !

Rhâakzi croisa le regard réprobateur de Ôk et des Voyageurs qui étaient présents. Décontenancé par la réaction du druide et de ses compagnons, il comprit enfin la gravité de la situation. Le petit guerrier posa sa main sur le bras d'Elmin.

– Je suis désolé… commença-t-il. Comment pouvons-nous réparer notre faute ?

De la part d'un Nain, une telle contrition n'était pas habituelle. Elmin le savait, néanmoins sa réponse fut glaciale :

– Tu as certes des muscles, Rhâakzi, dommage qu'ils étouffent ton cerveau ! C'est trop tard, il fallait réfléchir avant aux conséquences de tes actes. Ce que vous venez de faire nous met en grand péril.

Sans transition, il se détourna du Nain qui rougissait sous l'insulte et s'adressa au dragon :

– Nous devons partir, Ôk. Tout de suite. Marchons vite, traversons la forêt puisque nous ne pouvons revenir en arrière. Mais je le répète : nous étions en danger bien avant la bêtise de ces deux-là. Il est clair désormais que nous aurons à payer pour la mort de ces animaux. Espérons que le prix n'en soit pas trop élevé.

Comme pour confirmer ses dires, un bruissement sourd parcourut la forêt alentour. Le ciel se voila définitivement. La grisaille qu'ils pensaient avoir laissée loin derrière eux, sur les routes du nord, les envahit de nouveau. Tessa eut la chair de poule : elle était sûre d'avoir entendu des murmures fuser de tous côtés. Ôk organisa les Voyageurs de façon que les chariots transportant les vivres, les femmes et les enfants avancent, escortés par des hommes en armes. Les compagnons franchirent silencieusement la frontière invisible qui séparait la forêt du reste du monde, s'engageant sur un large sentier qui s'enfonçait sous la voûte des arbres.

– Elmin doit marcher devant, dit Tessa à Ôk et Larania un peu plus tard. Ici, même sans ses yeux, il doit nous guider. Je l'y aiderai.

Le dragon et la magicienne échangèrent un regard entendu, mais la princesse courait déjà vers le druide.

La réaction du jeune homme l'avait surprise. Elle n'aurait jamais imaginé qu'il puisse se mettre dans une telle colère et se mesurer aux fortes têtes qu'étaient Rhâakzi et Brunhof. Tessa avait plusieurs fois observé Elmin, le plus souvent à la dérobée. Les traits de son visage fin encadré par de belles boucles brunes et illuminé par ses yeux d'or, étaient aussi doux que son caractère.

Depuis qu'il s'était joint aux Voyageurs, l'adolescente n'avait jamais vraiment discuté avec lui. Il l'intimidait. Sa beauté et son charisme le vieillissaient, de la vieillesse des sages, comme celle de Ôk. Les connaissances du dragon s'étendaient aux étoiles et aux hommes ; celles d'Elmin – et cela semblait une lourde charge pour un homme si jeune – portaient sur la terre, les animaux et les plantes. Tessa s'était souvent étonnée de la façon dont son comportement s'accordait à celui de la nature : ouvert et rieur sous le soleil d'une campagne tranquille, mystérieux et lointain lorsqu'il traversait des espaces désolés. Aujourd'hui, quelque chose dans l'attitude du druide avait poussé l'adolescente à prendre les devants.

– Que devons-nous redouter ? demanda-t-elle tandis qu'elle prenait sa main dans la sienne, pour éviter qu'il ne trébuche.

Elmin, s'il était surpris par la soudaine attention de la princesse, ne le montra pas. Il affichait l'air sévère qui ne le quittait plus depuis qu'il s'était frotté aux deux chasseurs irréfléchis.

– Je ne sais pas vraiment. Tout, en fait. La flore et la faune et… le reste, ce qui vit caché. Jusqu'aux ruisseaux ! Avant la maladresse de nos compagnons, j'espérais que nous pourrions passer inaperçus. Maintenant, toute la forêt est attentive à nos faits et gestes. Entends-tu comme elle nous guette ?

Tessa fit la moue. Elle n'entendait rien d'autre que le pas des Voyageurs et le fracas des chariots.

– Décris-moi ce que tu vois autour de nous, dit le druide.

– Nous marchons sur un sentier couvert d'herbe et de petits cailloux. Autour, ce sont des arbres. La forêt, quoi ! répondit la jeune fille à court de mots.

Elmin sourit enfin :

– Rappelle-moi un jour de t'apprendre à parler de la forêt, princesse Tessa. Chacun de ces arbres a une odeur, une attitude particulière. Les sons qu'ils émettent, la couleur et la densité de leur feuillage parlent pour eux. Ils ont même leur propre nom, tu sais…

L'adolescente regarda plus attentivement le tapis moussu et les troncs qui s'élevaient tout autour d'eux : certes, aucun de ces arbres n'était identique à l'autre mais elle pouvait à peine en reconnaître les différentes espèces.

– Tu discutes avec eux ? questionna-t-elle encore.

– Pas vraiment. Nous comprenons nos états d'esprit réciproques et nous nous accordons les uns aux autres.

– Et que ressentent donc ces arbres ?

– De la méfiance, de l'hostilité, principalement. Ils savent que des humains arrivent et que certains d'entre eux portent des haches... Je peux communiquer avec un ou deux arbres à la fois, ajouta-t-il après un silence, pas avec une forêt entière.

Ils marchèrent quelques instants sans mot dire puis Tessa reprit la parole.

– Tu nous demandes de faire attention, de nous méfier, comme si cette forêt était notre ennemie. Mais tu aimes cet endroit, n'est-ce pas ? Je trouve que tu lui ressembles.

Elle attendit sa réaction mais le druide resta muet.

– J'ai une autre question. Hier, tu prétendais que cette forêt était celle des Ombres. Qui sont ces Ombres ?

Elmin soupira et accentua la pression de sa main sur celle de Tessa.

– Ombres, spectres, fantômes… Appelle-les comme tu veux, princesse. Ce sont les esprits des morts. Et nous sommes sur leur domaine.

Tessa haussa les sourcils. Le druide poursuivit, sans transition :

– Que tes yeux soient les miens dorénavant. Sers-toi de tes oreilles pour comprendre la forêt. Elle s'expliquera bien mieux que je ne pourrais le faire.

La jeune fille sourit, presque heureuse d'avoir été remise à sa place :

– Bien. J'essaierai d'agir ainsi.

À son tour, elle lui serra la main.

Sous les pas des marcheurs, le sol commença à s'élever imperceptiblement. La journée s'écoula lentement, sur un rythme monotone. Malgré le ciel chargé, Tessa et les Voyageurs n'avaient pas l'impression de s'aventurer en territoire hostile. Hormis quelques-uns – Elmin, les Elfes, sensibles aux choses de la nature, ou Lomfor, plongé dans ses sombres souvenirs –, ils s'étaient relâchés après les tensions de la matinée, discutant et riant comme s'ils n'étaient que de simples promeneurs dans un bois accueillant. Mais nul n'entendait, ne voyait ni ne comprenait la forêt.

Vers le milieu de l'après-midi, les réseaux secrets de celle-ci s'ébranlèrent. Pour Elmin, tout était clair : le brusque envol d'un oiseau, le bruissement des branches et les grattements entre les racines, tout, jusqu'au chant secret des ruisseaux souterrains, indiquait que l'on s'intéressait à eux. Le druide prit conscience des milliers de regards qui les détaillaient, lui et ses compagnons. Il poussa son attention plus loin : l'agitation gagnait rapidement les profondeurs de la forêt. Il n'y avait rien à faire. Le jeune homme n'avait aucune idée de l'endroit où ils allaient et derrière eux, la route était coupée.

Juste avant la fin du jour, les Voyageurs marquèrent une halte : ils étaient arrivés au sommet d'une falaise. De là, le chemin descendait abruptement sur une centaine de mètres, serpentant parmi de gros rochers ronds et moussus. En contrebas s'étendait une vaste vallée recouverte d'arbres et de rocs imposants. L'obscurité naissante empêchait les compagnons de distinguer les limites de cette faille. Mais ils sentirent que la forêt changeait d'aspect ici même.

L'air qui montait de la vallée était doux et humide. Il sentait presque le moisi. Les arbres qui vivaient dans la combe étaient plus petits, plus resserrés, semblables à des squelettes de buissons. Figés, tordus comme des serpents, leurs troncs noirs s'apparentaient à des doigts de géants. Tessa eut la désagréable impression qu'ils étaient tendus vers eux, qu'ils les désignaient d'un air accusateur. Elle n'aimait pas plus les longues draperies de mousse vert pâle qui dégoulinaient des branches jusqu'au sol, ensevelissant écorces, racines et rochers : elles lui rappelaient la toile d'araignée dans laquelle elle avait failli se jeter l'été précédent. Quant aux blocs de pierre, ils ajoutaient à l'ambiance sinistre du lieu. Sur leur lit de sable gris, on aurait dit les ruines de forteresses antiques, stèles funéraires d'un lointain passé. Quelqu'un fit remarquer que certains des rochers évoquaient des visages de Trolls et de créatures non humaines. La princesse frissonna et se détourna du paysage.

– Devons-nous vraiment traverser cela ? gémit-elle.

Ôk, soucieux, grommela. Il hésitait sur la conduite à tenir. Son objectif premier avait été d'éviter la ville assiégée, puis de prendre la direction du sud et de poursuivre leur route initiale, vers des terres qu'il espérait ensoleillées, loin de l'hiver. Mais l'entreprise s'avérait plus difficile que prévu : les Voyageurs allaient être obligés de suivre le chemin que la forêt leur offrait.

– Sais-tu où nous allons ? Combien de temps nous faudra-t-il pour quitter cet endroit ? demanda le dragon au druide.

– Je n'en sais rien, Ôk. Rien. Je suis perdu, tout comme toi. La forêt nous a menés ici, il faut juste espérer qu'elle nous laissera sortir.

Puis, comme il écoutait le silence pesant qui s'installait en même temps que l'obscurité, il ajouta :

– Les Ombres sont en marche. Elles savent désormais que nous sommes là.

Chapitre 3

La nuit et ses alliés ■ Solos d'échos ■ Perdue ■ Souvenirs malheureux et promesses de bonheur

La nuit apporta rêves et brouillard. Et avec eux d'autres choses, plus inquiétantes encore.

Aveuglée par le blizzard, Tessa, suspendue dans le vide, s'accrochait désespérément à la pierre gelée. Elle ne sentait plus ses mains. Sous elle, des voix l'appelaient, lui criant de lâcher prise ; mais elle ne sauterait pas, non, pas tant que Lomfor resterait coincé plus haut. Il avait besoin d'elle.

Elmin rêvait qu'il retrouvait la vue mais qu'il perdait l'ouïe et la parole. Sans le savoir, Brunhof et Rhâakzi partageaient le même songe : ils étaient nus, désarmés, et d'énormes créatures cornues les traquaient dans l'ombre.

Sineth se vit belle comme avant la balafre. Mais Almoë était à son tour affligé de la vilaine blessure. L'Elfe était entraîné loin de sa bien-aimée. Elle courait après lui, mais il se sentait disparaître, devenir fantôme. Lorsque la main de la jeune fille attrapa la sienne, elle se referma sur du vide.

Un enfant Nain imaginait que ses parents l'abandonnaient au plus profond d'un bois sombre. Sur les branches des arbres qui se penchaient sur lui, il vit des araignées qui cliquetaient d'une joie sinistre.

Lomfor, lui, parcourait de vastes étendues souterraines à la lueur d'une torche vacillante qu'il brandissait à bout de bras. Il était à la poursuite d'un homme qu'on lui avait demandé de tuer. Il craignait sa victime et celui qui l'avait mandaté pour ce meurtre. Il avait peur du tunnel et de l'obscurité qui s'emparerait de lui lorsque la torche s'éteindrait. Il avait peur de lui-même. Il avait peur...

Plongés dans un sommeil inquiet, tous les Voyageurs s'agitaient. Ils remuaient, reniflaient, gémissaient, criaient parfois, mais aucun d'eux ne s'éveilla.

La marée de brouillard s'installa par vagues successives : baignant les racines des arbres, elle suinta du sol puis s'étendit, telle une nappe fumante se tortillant sur le sable. Elle remonta le long des troncs torturés et noya leurs branches figées. Elle glissa rapidement sur les vieux rochers moussus, les engloutissant un à un, sans bruit. Puis elle se mit à lécher les parois de la falaise. Le brouillard nocturne finit par déborder de la vallée. Là, il se fit plus dense encore, si cela était possible, se répandant en traînées blanchâtres autour des Voyageurs endormis. Peu à peu, la région entière fut soustraite à la lumière et à l'influence de l'Onde.

Des mouvements furtifs accompagnés de murmures filtrèrent de l'épaisse mélasse brumeuse. Le matin arriva, sans qu'il y eût de réelle différence avec la nuit : le noir était devenu blanc, mais on ne voyait pas davantage.

Lomfor s'éveilla tandis qu'il affrontait sa victime. Au moment où sa hache retombait en travers du cou de l'homme, il ouvrit les yeux en hurlant. Tout d'abord, il eut froid. Puis il se frotta les paupières. Après un bref instant de désorientation, il se mit debout, pestant contre l'éblouissante clarté, laiteuse et impénétrable, contre la forêt, et aussi contre ce rêve qui n'en était pas un.

Le barbare avança au hasard et fronça les sourcils. Ce n'était pas la première fois qu'il se retrouvait plongé dans la brume, mais celle-ci atteignait une densité effarante. Il tendit la main devant lui et la vit disparaître, avalée par le mur blanc. Le grand guerrier revint sur ses pas, décidé à ne pas bouger de sa couche tant qu'il ne saurait pas où il posait le pied. Il trébucha sur le manche de sa hache puis, troublé, se recoucha sous sa lourde couverture de peau. Il espérait que les autres agiraient de la même façon. C'est alors qu'il comprit ce qui n'allait pas. Il se releva subitement. Les autres ! La veille, il s'était endormi à proximité de Tessa. Elle aurait dû être là, à ses côtés. Le barbare marcha vers la droite en aveugle, comptant ses pas. Après dix enjambées, il estima qu'il aurait dû dépasser la couche de son amie. Inquiet, il appela.

– Tessa ! Ohé !

L'effet obtenu fut surprenant. La brume parut happer l'appel, physiquement. Dès que Lomfor eut crié, le mur de nuages se déchira devant lui puis se reforma en gros rouleaux de coton, comme si le brouillard s'était emparé de son cri. Il le lui restitua un peu plus tard, totalement déformé.

– Oha ! Ehé !

C'était un écho issu de partout à la fois. Le colosse crut discerner un autre appel sur sa gauche, une voix bien plus aiguë que la sienne, dans le lointain. Mais tout de suite après, cela vint de la droite. Avec un grognement de rage, Lomfor leva sa hache et se mit en tête de réduire le manteau opaque en lambeaux.

À quelque distance de là, Tessa appelait elle aussi, en vain. Ses exclamations lui étaient renvoyées par la brume, altérées, effrayantes. Au bout d'un moment, elle se tut, préférant avancer les bras tendus droit devant elle.

Un peu plus loin, Sineth et Almoë se tenaient par la main. Le brouillard surnaturel n'avait pas réussi à les séparer. Ils marchaient au hasard, avec l'espoir de tomber sur l'un ou l'autre de leurs compagnons. Mais, comme Lomfor, Tessa, Ôk, Elmin et le reste des Voyageurs, ils subissaient ce même phénomène acoustique : chaque cri poussé devant soi ou sur la gauche revenait par-derrière ou par la droite en écho.

Il ne fallut guère de temps au labyrinthe nébuleux pour désorganiser la troupe. Il y eut ceux qui ne bougèrent pas, attendant la dissipation de la brume, ceux qui foncèrent à l'aveuglette, pestant et perdant leur sang-froid. D'autres optèrent pour une méthode plus réfléchie, marchant accroupis, traçant des repères au sol. Certains se retrouvèrent pour se reperdre aussitôt. Quelques-uns finirent par se regrouper, comme Larania et plusieurs enfants accompagnés de leurs parents ; ils se prirent par la main, formant ainsi une longue chaîne de silhouettes indistinctes. De petits groupes se formèrent, se défirent, se reconstituèrent, au hasard de ce ballet fantomatique.

Bientôt, les échos se firent moins nets, plus distants, au fur et à mesure que les Voyageurs s'éloignaient les uns des autres. Lorsque chacun fut suffisamment isolé, la marée de brouillard choisit de se retirer, très doucement, effilant son manteau humide en longues franges sur les branches de la forêt. Quand elle fut désagrégée, au milieu de la journée, les Ombres avaient déjà fait leur choix.

Tessa errait comme dans un cauchemar. Elle ne savait plus depuis combien de temps elle se débattait contre les parois invisibles de ce labyrinthe. Elle avait tout tenté, en vain : crier, rester sur place, fermer les yeux et patienter... Alors, la peur au ventre, elle avait couru droit devant elle, sans se soucier des branches basses qui surgissaient brusquement de la brume, doigts griffus l'invitant à modifier sa course. Elle se déchira les mollets en tombant au milieu de taillis aux épines acérées. Mais elle avançait.

Après que la princesse, essoufflée, eut marqué une pause, le brouillard parut s'alléger. À nouveau, Tessa put distinguer ce qu'il y avait au-delà de son bras tendu… Le paysage qui se dévoilait peu à peu ne lui rappelait rien et il n'était pas fait pour la rassurer. De grands troncs tortueux et noirâtres dégoulinaient d'humidité sur le sol tapissé de mousse, de feuilles mortes et de rochers. La jeune fille ne retrouvait pas la route suivie la veille et elle n'était plus au bord de la falaise ; son cœur se serra lorsqu'elle imagina ce qui se serait passé si elle s'était dirigée du mauvais côté. Autour d'elle, tout était sombre, comme si la nuit n'attendait que le départ du brouillard pour reprendre ce qui lui appartenait. En réalité, ce n'était pas la nuit mais d'autres arbres, d'autres rochers, encore et encore : la forêt créait elle-même sa propre pénombre, si bien que la lueur du jour ne parvenait pas à la pénétrer.

– Lomfor ! Elmin ! Ôk ! Où êtes-vous ?

Tessa appela de nouveau et rien ne bougea, personne ne répondit. Seul, de temps à autre, le bruit d'une goutte d'eau perturbait ce silence et cette immobilité déconcertants. Frigorifiée et indécise, Tessa préféra faire demi-tour le long de la pente qu'elle venait de dévaler. Elle se crut sauvée quand elle déboucha sur un petit chemin de terre aux ornières boueuses et parsemées de touffes d'herbe détrempée.

L'adolescente hésita. Aller à droite ? à gauche ? À ses yeux, les deux directions se valaient : elle choisit la première, tentant de se convaincre que cela la conduirait au campement et aux Voyageurs.

Elle se remit à courir malgré le point de côté qui la lançait. Rapidement, la boue et la traîtrise des ornières la forcèrent à adopter une allure plus tranquille. Ses pas la menèrent jusqu'à un carrefour. La brume s'était totalement dégagée de la forêt, dévoilant le ciel gris et bas. Il y avait là une clairière où se croisaient quatre sentiers, dont celui par lequel elle arrivait. Au croisement de ces routes, une souche d'arbre au bois noir étalait ses racines tentaculaires en étoile. L'intérieur de l'écorce pourrie avait été creusé, comme si on avait voulu en faire un siège.

C'était tout, en dehors d'un énorme champignon, au chapeau terne et velu, qui poussait de travers sur le côté de la souche. Où que Tessa regarde, la forêt était la même partout. Désemparée, la princesse alla s'asseoir sur la souche. Là, elle se prit la tête dans les mains.

Avec force moulinets, Lomfor hachait la brume, mais c'étaient ses souvenirs qu'il combattait. Depuis cette nuit, ils étaient omniprésents. Des images de sa vie défilaient sans qu'il puisse maîtriser le flux de ses pensées. Le sorcier, en lui retirant ses tatouages, avait libéré ses démons : tout ce que Lomfor avait enfoui au plus profond de lui remontait d'un coup à la surface, explosait dans son cerveau. Le pire restait son rêve ; le barbare se voyait encore, levant sa hache et l'abattant en travers du cou… Il hurla, mais la rage et l'effort physique n'arrivèrent pas à étouffer sa douleur.

Au bout de son arme, deux yeux le fixent, froids et ironiques. Comme on le lui a enseigné, son esprit suit le fil glacial de sa lame. Son esprit est dans le métal. Mais cela n'est pas suffisant, car il est arrêté par ce regard dédaigneux. Il ne peut aller plus loin, l'être qui lui fait face est plus fort.

À la lueur des astres qui éclairent la nuit, Lomfor distingue la silhouette de son adversaire. Bien plus haut que lui, il porte des ailes membraneuses dans le dos, et ses pattes se terminent par des griffes plus effilées que la hache. Elles reflètent la lumière des étoiles, au fond de cette faille, à l'ombre des montagnes du désert de pierres. Le jeune barbare est content de lui : il a fait ce qu'on lui a demandé, il a retrouvé le démon. Une autre partie de son être pourrait avoir peur, mais il n'a pas appris la peur. Tandis que l'image de son père l'accompagne, Lomfor se sent juste étonné d'être ici, devant un ennemi bien trop puissant pour lui.

Le guerrier se jette sur la créature des profondeurs. Celle-ci ne recule pas, se contente de refermer ses griffes sur l'humain, comme un crabe resserre ses pinces sur sa proie. Les quatre pointes s'abattent en même temps sur les épaules et les mollets du barbare. La douleur le foudroie immédiatement jusqu'au cœur. L'étau glacial ne se relâche pas, il s'accentue, déchirant la peau, pénétrant dans le muscle. Le démon ne bouge toujours pas, mais sa gueule s'est entrouverte. Il a immobilisé l'humain du bout de ses appendices. Le temps de profiter de la souffrance de sa victime, et il pourra alors cueillir sa tête avec sa langue…

Lomfor est sur le point de perdre connaissance. Il n'y a pas que les griffes, à moins qu'elles ne soient empoisonnées. Peut-être est-ce l'haleine du démon ou la férocité qu'il dégage qui lui tournent la tête. Avant même le combat, le guerrier était déjà fatigué, privé d'eau et de nourriture depuis plusieurs jours, au milieu de ces terres sans nom. Mais il a promis de rapporter les griffes du monstre ainsi que sa tête. Et celui envers qui il s'est engagé est plus important que sa douleur, et bien plus fort encore que le démon.

Lomfor n'abandonne pas. Il se jette en avant et s'empale un peu plus sur les pointes mortelles. Ses plaies se déchirent mais le barbare, l'espace d'un instant, se retrouve libre. Son ennemi sait que sa prise lui a échappé, qu'il doit l'achever tout de suite, avant que… Trop tard. La hache de Lomfor lui heurte les mâchoires, fracassant ses dents, entaillant sa langue. Déséquilibrée, la bête tombe au bas des rochers sur lesquels se tenaient les combattants. Elle crache, éructe et fait trembler le sol de ses grondements. Lomfor lui saute dessus et continue à jouer de la hache, rapidement, beaucoup trop rapidement pour le monstre. Alors celui-ci change de tactique et, porté par ses ailes, s'envole. L'attaque vient maintenant par les airs…

On ne vainc pas un démon en quelques passes d'arme, surtout lorsqu'on est seul.

Pourtant, Lomfor donne le coup de grâce au moment précis où le soleil darde ses premiers rayons sur les rochers. Enfin, il sépare la tête du corps de son adversaire. Le barbare pousse son premier cri depuis le début du combat. Un cri terrible qui exprime l'horreur, la souffrance, la soif de sang, le désespoir, mais aussi la joie et la fierté. Un cri de défi qui résonne de pierre en pierre, s'élevant au-dessus des terres mortes.

Il ne reste plus au guerrier qu'à découper la dépouille de la créature, revenir sur ses pas, traverser les étendues de chaleur et de poussière, et jeter le macabre trophée aux pieds de son Maître, comme il l'a promis deux saisons auparavant.

Son père est là, à côté du Maître, et ses yeux brillent d'une fierté plus grande encore que celle de son fils. Et il y a aussi la récompense, l'or, les esclaves et le destin qu'on lui a annoncé…

La brume s'était dissipée. Au-delà des nuages, le soleil devait régner dans le ciel. Lomfor ne s'en aperçut même pas, aveuglé par un chaos d'images tourbillonnantes : paysages désolés, visages d'esclaves horrifiés, armées portées par les feux, armes ensanglantées, orages surnaturels grondant par-dessus des lacs de sang, masques grimaçants qui l'acclamaient parmi les villages incendiés…

Terrassé par ces visions de son passé, Lomfor finit par se jeter à terre, les poings pressés sur ses yeux. Mais derrière ses paupières, les images continuaient leur danse folle.

Sineth et Almoë se tenaient encore par la main lorsqu'ils émergèrent d'un coup de la brume. Ils vacillèrent un bref instant, un peu désorientés, le temps que leur vue s'adapte. Il n'y avait pas grand-chose à contempler en réalité : des arbres et, plus loin, la ligne sombre du bord de la falaise.

– Qu'est-ce qu'on fait maintenant ? demanda la jeune fille en frissonnant.

Elle n'avait qu'une robe sur elle. L'Elfe posa délicatement sa cape sur les épaules de son amie et scruta les environs.

– Eh bien, le mieux serait encore de partir à la recherche des autres… commença-t-il.

Au fond de lui, Almoë ne ressentait aucune inquiétude. Il était même plutôt soulagé : ils étaient enfin seuls, isolés de la présence amicale, certes, mais un peu envahissante de leurs compagnons. Le simple fait d'être auprès de Sineth lui donnait une force qu'il n'avait jamais éprouvée auparavant. Avec elle, il se savait de taille à affronter la forêt. « Pourquoi *affronter* la forêt ? Pourquoi ne pas s'en faire une alliée ? » songea-t-il soudainement.

– Sineth, une idée folle me vient à l'esprit ! s'écria l'Elfe en la saisissant par la taille. Que dirais-tu de vivre ici ?

La jeune fille le regarda, bouche bée.

– Mais…

– Imagine, nous pourrions construire une maison en bois ! s'exclama joyeusement son compagnon. Toi et moi. Juste nous deux et…

nos enfants ! N'est-ce pas un bel endroit pour élever des enfants ? Nous disposons de tout ici !

– Mais... Elmin prétend que ces bois sont dangereux !

– Bien sûr qu'ils le sont ! s'exclama Almoë. Ils le sont pour des rustres comme Brunhof et Rhâakzi, qui agissent sans discernement. Moi, je connais la forêt. Mon peuple vivait au milieu d'arbres comme ceux-ci. Il faut composer avec eux et non les asservir. C'est une question d'harmonie. Nous ne prendrons que ce dont nous aurons besoin.

– Nous pourrions élever des animaux, cultiver un coin de terre !

Sineth se prenait au jeu. Comme Almoë, elle se sentait plus forte qu'avant et l'avenir ne l'effrayait plus. La guerre était oubliée, la mort de ses parents acceptée... Son ancienne existence s'était arrêtée sur un chemin de campagne. Sa nouvelle vie commençait là. Quant aux Voyageurs...

– Tu sais, avoua-t-elle, je ne me voyais pas errer sur les routes indéfiniment. La vie que tu as menée jusqu'à maintenant, avec tes amis, me paraît bien trop difficile.

Almoë acquiesçait tandis qu'elle parlait.

– Considérons donc que notre voyage est terminé. Nous avons trouvé notre havre de paix. Ôk et les autres comprendront, conclut-il.

Sineth ne dit rien, mais elle éprouvait un grand soulagement à ne plus être obligée de supporter le regard des autres. Le silence se fit. Les deux amants se tenaient face à face, les yeux brillants d'une joie profonde. Ils s'embrassèrent.

– Cela ne résout pas notre problème, reprit l'Elfe en souriant. Par où allons-nous ?

– N'importe où, du moment que je suis avec toi. Il nous faut juste un bel arbre, un peu d'ombre et beaucoup de soleil, de la mousse, avec une clairière pas loin. Ah ! il nous faudra aussi un ruisseau…

Main dans la main, ils laissèrent le ravin sur leur droite et s'enfoncèrent joyeusement au hasard dans les bois silencieux. Dans l'après-midi, ils se marièrent à l'abri d'un hêtre chevelu, avec la forêt pour témoin. Ce fut très simple. Un genou à terre devant sa promise, Almoë lui demanda sa main. Elle n'eut qu'à répondre « oui » en riant et la cérémonie fut achevée. Plus tard, gravement et avec peu de mots, ils s'engagèrent solennellement à ne jamais se quitter quelles que soient les épreuves à venir.

Avant la tombée de la nuit, la majorité des Voyageurs finirent par se retrouver. Elmin et

Ôk rallièrent leurs compagnons et, à la lueur des torches, ils se mirent en quête de ceux qui manquaient à l'appel. Brunhof, Rhâakzi, Tessa, Lomfor et les deux jeunes amoureux en étaient. Le froid s'intensifia. Lorsque l'Onde se coucha, la brume se leva. Mais celle-ci était naturelle, inoffensive. L'autre était retournée dans ses domaines, ayant obtenu ce qu'elle cherchait.

Chapitre 4

L'être du vent ■ Le carrefour du danger ■ Le chant des Ombres ■ Un ami pour la vie ■ Lomfor bascule

Il voletait de-ci de-là, insouciant, au gré des courants d'air. Tour à tour perché sur un bourgeon, couché sur une épine de pin ou se rafraîchissant dans l'humus, il menait une vie tranquille faite de rêveries, de baignades dans la rosée du matin et de découvertes sans fin. Pépiant, il allait depuis longtemps, joyeux et inconscient, à travers le vaste domaine de la forêt ; les humeurs des saisons n'avaient sur lui pas plus de poids que les préoccupations des hommes, des animaux et autres créatures, bonnes ou mauvaises.

C'était un être du vent, libre, plus petit et plus fin encore que le plus petit et le plus fin des moucherons. Il aurait fallu des yeux perçants au plus attentif des insectes pour distinguer sa silhouette : quelque chose qui, globalement, tenait du papillon, avec une tête minuscule couverte de fourrure et des oreilles de chat.

Ses pérégrinations s'achevèrent, en cette matinée d'automne, lorsque la brise à laquelle il s'était abandonné le conduisit en plein cœur d'un voile très collant. Il n'y prit pas garde au début. Il voulut poursuivre son vol et s'aperçut alors qu'il était retenu prisonnier, les membres englués dans des fils souples et tendres. Il trouva cela plutôt agréable et même drôle. Il adressa un gentil sourire à la mouche à côté de lui ; piégée, celle-ci était agitée de grands spasmes désespérés.

Soudain, l'araignée qui avait tissé la toile apparut et l'être du vent cessa de sourire. Le monstre s'approcha de la mouche et planta sèchement ses crocs dans le corps juteux.

Passé son moment d'abattement, Tessa quitta la souche du carrefour. Elle alla de l'une à l'autre des routes qui menaient aux quatre points cardinaux de la forêt. Humant l'air, portant son attention sur le moindre détail susceptible de lui donner une indication, elle n'arrivait pourtant pas à se décider. La princesse soupira et finit par se convaincre qu'une direction en valait une autre. Elle s'engagea sur le sentier devant elle. À cet instant, une voix forte, sortie de nulle part, dit :

– Pas aller là. Grand danger !

Tessa faillit mourir de peur. Elle s'était tellement habituée au silence que ces mots lui firent l'effet d'un coup de tonnerre. Elle revint précipitamment au centre du carrefour.

– Qui est là ? demanda-t-elle, tremblante.

Pas de réponse.

De toute façon, Tessa en était sûre, il n'y avait personne ici. L'endroit était désert, et les arbres suffisamment éloignés les uns des autres pour offrir une vue dégagée sur les environs. La seule chose vivante était... ce gros champignon, qui poussait à la base de la vieille souche. Prudemment, l'adolescente emprunta le chemin opposé au précédent. Après quelques pas, elle sursauta.

– Pas là ! Grand danger en avant !

Cette fois-ci, Tessa tira son épée de diamant et fit des moulinets dans l'air. Elle jeta un regard suspicieux au champignon.

– Qui est là ? Pourquoi vous cachez-vous ?

Elle attendit longtemps avant d'opter pour la troisième voie, les yeux fixés sur le champignon... qui n'avait pas bougé d'un pouce.

Aussitôt, l'avertissement retentit à nouveau, plus fort encore que les autres.

– Non ! Grand danger aussi !

C'était effrayant. Tessa avait l'impression que toute la forêt entendait ce cri et qu'elle était le point de mire du monde entier. Au bord des larmes, elle fonça vers le quatrième embranchement.

– Grand danger ! Grand danger !

Tessa explosa.

– Oui ! J'ai compris, grand danger là, grand danger ici, grand danger partout ! Et je fais quoi maintenant ? Je ne vais pas rester là toute ma vie ! Et d'abord, qui êtes-vous ?

Comme personne ne lui répondait, elle entra dans une rage folle, donnant des coups de pied dans les tas de feuilles mortes, frappant le sol de son épée. Puis elle s'agenouilla devant le champignon avec la sensation de devenir folle.

– Je te préviens, toi, avec ton air stupide, tu as intérêt à me répondre. Sinon, je te découpe. Quel danger ? Où dois-je aller ? Tu m'entends ? JE TE DÉCOUPE !

Le champignon ne dit rien, ne s'enfuit pas. Bref, il resta champignon. Tessa ne mit pas sa menace à exécution. Après tout, même si c'était lui qui parlait, il ne faisait rien de mal, il se contentait de la prévenir. C'était plutôt sympathique de sa part.

Lasse, incapable de prendre une décision sur la suite des événements, Tessa s'assit par terre et s'accouda à la souche en se couvrant de sa cape du mieux qu'elle le pouvait. Une somnolence inquiète la gagna. Alors qu'elle se laissait aller, elle comprit une partie de ce qu'Elmin avait tenté de lui apprendre sur la forêt. Les odeurs humides qui remontaient du sol, les sons – craquements, souffles, chutes de feuilles et de branches – étaient autant de nuances qu'elle finissait par distinguer. Car il ne s'agissait pas seulement de voir, mais aussi de ressentir, comme l'avait raconté le druide.

La princesse soupira. Elle aurait bien aimé qu'il se trouve auprès d'elle pour lui expliquer pourquoi ce vieux hêtre penchait du côté opposé aux autres arbres, plus fins, plus jeunes et inclinés dans le sens du vent. Un autre arbre, plus massif et sans doute moins élégant, n'avait pas encore perdu ses feuilles d'été : était-il d'une espèce plus résistante, menait-il un combat solitaire contre les saisons froides ? Pourquoi les sapins aux branches piquantes ne se mêlaient-ils pas aux feuillus ?

Tessa réalisa que chaque arbre semblait avoir un dessein particulier, qu'aucun n'avait grandi au hasard. Un bouleau aux couleurs pâles avait choisi le fond d'une petite dépression pour profiter de l'ombre de ses compagnons, tandis que non loin de là, un orme avait fait le ménage autour de lui afin de bénéficier seul du soleil. Plusieurs noisetiers – ou étaient-ce des châtaigniers ? – poussaient serrés les uns contre les autres. Puisant leur vigueur dans leur jeunesse, ils contenaient les assauts jaloux d'un chêne antique au tronc moussu, dont les racines, avides tentacules, s'entortillaient partout alentour au-dessus du sol.

Tous s'élançaient vers le ciel, tendant branches et ramures vers la lumière bienfaitrice, et tous plongeaient leurs racines dans l'ombre de la terre nourricière. Chacun, ici, était à sa place, au milieu des buissons d'épines, à l'abri des rochers mouillés ou dans le lit d'un ancien ruisseau.

Distraitement, Tessa détacha un petit morceau de mousse et l'effrita entre ses doigts. Elle observa les boulettes spongieuses et odorantes du tapis vert sombre tombant sur le sol. L'une d'entre elles rebondit dans un creux de la souche et déchira un pan d'une fine toile d'araignée. Tessa soupira encore, le regard dans le vague, l'esprit vide. Du coin de l'œil, elle détecta sur sa gauche un mouvement au loin. Quelqu'un arrivait par le sentier.

Cela débuta tel un sifflement, celui du vent s'engouffrant brutalement entre les branches. Au début, Sineth et Almoë, entièrement consacrés à ce qu'ils considéraient comme une agréable promenade, n'y prirent pas garde. Mais, le soir approchant et la nuit gagnant le sous-bois, leur enthousiasme se mua en inquiétude. Ils commençaient à avoir froid et faim. Avec l'obscurité et les plaintes du vent, la forêt n'apparaissait plus comme un havre de paix mais plutôt comme une source de mystères et de périls. Calme et silencieuse dans l'après-midi, elle retentissait à présent de craquements et d'échos angoissants. N'y tenant plus, la jeune fille s'exclama :

– Je ne comprends pas. Tu entends le vent ? On croirait une vraie tempête. Et pourtant les arbres ne bougent pas !

Le son de sa voix lui parut étouffé. Almoë s'arrêta et tendit l'oreille, hésitant. Bien plus tôt que Sineth, il avait perçu le changement sous les branches effeuillées. Il s'était tu pour ne pas effrayer sa compagne, car il gardait le secret espoir de trouver un lieu sûr avant le crépuscule. À présent, l'Elfe était désemparé. Sineth se trompait : il n'y avait pas de vent. Les sifflements qui retentissaient dans les bois ressemblaient plus à des gémissements. Almoë songea alors qu'ils n'avaient pas fait le bon choix, qu'ils auraient dû rejoindre leurs compagnons. À ce moment-là, comme pour confirmer ses doutes, il entendit clairement les gémissements changer de tonalité, quittant les aigus pour descendre vers les graves. Alarmé, l'Elfe prit Sineth par la main.

– Viens, dit-il, le souffle court, ne restons pas là. Il faut aller plus loin.

– Qu'y a-t-il ? Pourquoi aller plus loin ? Je suis fatiguée, Almoë, reposons-nous un peu, répondit-elle.

– Non, pas encore ! fit l'Elfe sur un ton plus rude. Il y a quelque chose qui approche. Viens !

Dans une course rapide, il l'entraîna en avant sous le couvert d'immenses branches de sapins, qui pendaient vers le sol en longues et molles cascades d'épines moisies. La plainte devint mugissement. L'oreille peu attentive de la jeune paysanne perçut enfin la menace qui se dirigeait droit sur eux.

La vie de l'être du vent bascula à cet instant précis, tandis que l'araignée enveloppait le corps de la mouche dans un étroit cocon soyeux. Les ondes de détresse émises par l'insecte mourant, entraîné dans la tanière du monstre, heurtèrent de plein fouet la minuscule créature, qui n'avait jamais connu pareille terreur. Celle-ci banda ses muscles de toutes ses forces et tenta de nouveau d'échapper au piège mortel.

Soudain, un grand courant d'air accompagné d'odeurs inconnues secoua la toile. En effet, au même moment, juste au-dessus, Tessa s'appuyait sur la souche, après son échange infructueux avec le champignon. Surpris, l'être du vent oublia ses efforts d'évasion pour analyser les effluves : c'était la première fois qu'il sentait un humain et cela lui sembla très agréable. Un peu plus tard, un gros morceau d'humus tomba sur la prison de toile, déchirant les fils, et la frêle créature se retrouva suspendue dans le vide, retenue par l'une de ses ailes engluées.

L'araignée se précipita pour assurer les restes de sa toile. L'être du vent poussa un pépiement de terreur et fit vrombir ses ailes à s'en briser le dos. Les vibrations attirèrent l'attention des horribles – et nombreux – yeux froids de la bête. L'araignée bondit.

Inconsciente du drame qui se jouait sous elle, la princesse Tessa se releva après avoir aperçu l'homme qui s'approchait par le sentier ; ce faisant, elle détruisit complètement le piège de l'araignée. Le prédateur se faufila dans un recoin sombre de la souche et passa sa fureur sur la malheureuse mouche. L'être du vent, lui, se retrouvant libre et sous l'emprise d'une panique incontrôlable, fit la seule chose que lui commandaient ses réflexes affolés : il se rua vers la source des odeurs rassurantes, celles qu'il avait perçues avant la destruction de sa prison.

La créature fonça sur Tessa et se jeta dans son cou. S'accrochant à ses cheveux, elle se mit à pépier et à pleurer de misérables cris de reconnaissance. Il faisait si bon ici ! La peau et les cheveux de la princesse dégageaient une chaleur réconfortante et douillette. Après s'être calmé, l'être regarda autour de lui, testa l'élasticité de la peau, tira sur un poil pour en éprouver la résistance, écouta le flux sanguin qui palpitait sous l'épiderme. Tout cela lui plut.

L'être du vent n'avait aucune idée de l'endroit dans lequel il s'était réfugié. Mais au plus profond de lui, il sut qu'il ne pourrait plus jamais le quitter. C'est là qu'il serait en sécurité, définitivement. Il se lova confortablement derrière l'oreille de la jeune fille et décida de dormir pour oublier les terribles épreuves auxquelles il venait d'échapper. Il aurait tout le temps, plus tard, d'explorer ce nouveau territoire.

– Pû.

La créature émit un pépiement de plaisir et s'endormit.

Lomfor lève les bras vers les hauteurs obscures et une formidable ovation lui répond. Le barbare jouit du spectacle : là, sous ses yeux, ses propres troupes défilent et lui rendent hommage avant les grandes batailles à venir. Les armées du Maître ont conquis un immense territoire souterrain. Il faut regarder plus loin maintenant, franchir les montagnes, les déserts, les océans. Voir ce qui se trouve au-delà et se montrer au reste du monde, avant de déposer celui-ci aux pieds du Maître.

Lomfor est au début de la gloire ; ses années de formation sont terminées et, en récompense de ses loyaux services, il a reçu des mains du Maître le commandement de l'une des armées d'invasion. Général rempli d'un orgueil sans limites, assis sur son trône d'ossements, le barbare se délecte de la vision de ces milliers d'hommes et de créatures qui se pressent dans les vastes cavernes creusées sous les montagnes.

En tête du cortège viennent les humains asservis, d'anciens prisonniers rééduqués. Ils sont bardés d'armes meurtrières et leur visage reste de marbre. Ceux-là monteront en première ligne, ils le savent, et ils seront les premiers à tomber sous les coups ennemis. Mais qu'importe, leur loyauté est à toute épreuve. Lomfor ne leur accorde qu'un bref regard car ils seront vite remplacés.

Derrière eux s'avancent les soldats issus des profondeurs de la terre, les démons lanceurs de sorts, les vers à corne, les hommes-scorpions ainsi que les esprits de la roche, ces formidables tours de guerre en granit aux yeux de schiste. Tout à l'arrière, une fabuleuse créature entravée par des chaînes hurle à la mort. Lomfor se lève, le cœur battant, et, comme un enfant, il applaudit. Voilà RammSteich, la bête qu'il considère comme son bien le plus précieux, élevée et ensorcelée par le Maître lui-même, un monstre aussi rare que sauvage. C'est un Dragon de Pluie. C'était, car le Maître l'a dompté et perverti en Dragon de Suie. L'immense animal est entouré de fumée, de scories incandescentes qui jaillissent de son corps pour retomber en pluie de cendres sur les alentours. Son haleine, chargée de gaz, promet des torrents de flammes noires à ceux qui tenteraient de se mettre en travers de son chemin.

Lorsque tous sont passés, Lomfor quitte son trône et lance un dernier regard à ces tunnels qui l'ont vu grandir. Il crache. Puis il va rejoindre Erzech'Ûl, son ami le sorcier au visage déchiqueté. Ensemble, ils vont fêter le début des Grandes Guerres.

– Lomfor ! Lomfor ! Réponds-moi ! Tu me fais peur !

Sourd et aveugle à la forêt environnante, trébuchant comme s'il était ivre, le barbare avançait droit devant lui, le cerveau anéanti par ses souvenirs.

Comme Lomfor, Erzech'Ûl a été offert très jeune par son père aux instructeurs du Maître, afin que celui-ci porte un œil bienveillant sur leur éducation et leur assure une progression rapide au sein de sa sombre hiérarchie. Les deux garçons n'ont pas eu le temps de vraiment se connaître : Lomfor a appris l'art des guerriers, Erzech'Ûl celui de la sorcellerie. Leurs chemins ont été différents mais ils se rejoignent désormais tandis que les années d'apprentissage s'achèvent : les deux compagnons se retrouvent lors des razzias et des massacres qu'ils coordonnent conjointement, s'admirant mutuellement dans l'exercice de leurs talents, tissant dans le sang et le combat une profonde affection.

Leur amitié est d'autant plus forte qu'elle est unique. Jusqu'ici, ni l'un ni l'autre n'ont eu le droit d'entretenir quelque lien que ce soit. Erzech'Ûl et Lomfor célèbrent donc ce moment de gloire, l'aboutissement de leurs jeunes années. Ils fêtent le commencement d'une vie nouvelle, qui se déroulera cette fois à la lumière du soleil.

Ce jour-là, avec son ami et tous les autres généraux, le jeune barbare est convoqué devant le Maître pour un dernier discours.

– Lomfor, je te préviens, je vais te faire mal si tu ne me parles pas !

Mais Lomfor et les différents généraux présents sont surpris. Car le discours tant attendu ne vient pas. Dans son cocon de feu, le Maître ne dit rien. Il se contente de fixer ses hommes de ses yeux musculeux, les scrutant un par un avidement.

Petit à petit, Lomfor comprend qu'il demande silencieusement à chacun d'entre eux une ultime preuve de loyauté. Le grand barbare sourit intérieurement : il ne voit pas comment il pourrait faillir à la tâche qu'on lui assignera, lui qui a déjà tout sacrifié aux caprices du Maître. Il attend tranquillement son tour.

Quand celui-ci arrive enfin, des dizaines d'yeux se posent sur lui. Confiant, souriant même, le guerrier ouvre son cœur, ses pensées. Le regard monstrueux le détaille, le sonde… L'ordre tombe sèchement.

Puis les yeux du Maître le délaissent, s'attachant au général suivant. Le cœur de Lomfor s'arrête un moment de battre. Une sueur froide lui descend dans le dos. Il ne comprend pas. Il voudrait émettre une objection, obtenir une explication, mais il sait que c'est vain. Alors il se tait.

Il doit obéir et tuer l'homme que le Maître lui a désigné.

Quelque chose vient de se briser dans l'esprit du barbare.

Tessa avait bondi sur ses pieds dès qu'elle avait aperçu Lomfor qui s'avançait sur le chemin. Cette silhouette était reconnaissable entre mille, et personne d'autre que lui ne pouvait porter sa hache ainsi.

– Lomfor ! avait-elle crié, folle de joie.

Au même instant, elle avait cru entendre un tout petit vrombissement près de son oreille, mais elle l'avait ignoré. Car elle n'était plus seule, elle avait retrouvé son meilleur ami. Pour elle, c'était comme si tous ses ennuis avaient pris fin. La princesse comprit qu'ils ne faisaient en réalité que commencer lorsqu'elle vit le visage du barbare. Très pâle, celui-ci marchait tel un zombie, le regard vide, les lèvres esquissant des mots inaudibles. La jeune fille fut effrayée par les frissons qui hérissaient sa peau. Le guerrier semblait avoir rencontré la mort…

Tessa courut vers lui. Lomfor ne la vit pas et elle dut s'écarter pour ne pas se faire renverser. Elle lui prit la main, lui criant de revenir à la réalité. De plus en plus affolée, elle se mit à le bourrer de coups de poing. Enfin, la princesse le gifla à grand-peine.

La réaction du géant fut pire encore que son hébétude. Pendant un moment, il parut reprendre conscience. Il vacilla et cria des mots qu'elle ne comprit pas. C'est pourquoi elle ne réagit pas quand il la prit par le cou. Puis l'horreur la saisit lorsqu'elle sentit les doigts puissants du barbare se resserrer autour de sa gorge : il allait la tuer. Soulevée dans les airs, elle se débattit, s'accrochant aux doigts qui l'étranglaient. Tout à coup, la malédiction du sorcier lui revint en mémoire. Elle paniqua. « Non, pensa-t-elle, pas maintenant. Je ne veux pas mourir des mains de Lomfor, pas comme ça, non… »

– Lom…, hoqueta-t-elle.

Elle ne put terminer sa phrase. L'air lui manquait. Un voile noir s'abattit sur ses yeux.

Chapitre 5

Pieds et poings liés ■ La fin de la course ■ L'Aeleva ■ Des bruits dans le noir ■ La racinaire ■ Une lueur d'espoir

Immobilisé dans l'obscurité la plus totale, Brunhof commençait à trouver le temps long.

– Hé, Rhâakzi, tu es réveillé ? demanda-t-il une nouvelle fois.

Pour le Nain, la situation était encore plus problématique. Depuis un moment, il entendait les appels de Brunhof et les efforts de celui-ci pour se libérer. Mais il ne pouvait lui parler : sa langue restait collée à son palais. Il devait être paralysé ou attaché car son corps n'obéissait pas à sa volonté. Dans sa tête, c'était pire. Il lui semblait qu'un bûcheron forcené mettait toute son application à réduire son cerveau en copeaux. Le petit guerrier était incapable de se rappeler pourquoi il était là.

– Baaaaaaaaaa, finit-il par articuler.

Ce devait être un hurlement de rage et de frustration ; le résultat fut tout juste pitoyable, pensa Rhâakzi. Brunhof laissa échapper un soupir de soulagement.

– Ah, tu m'as fait peur. J'ai vraiment cru que tu étais mort. Tu peux parler ?

– Gnnnnnn !

– Bon, ce n'est pas grave, prends ton temps. Je ne sais pas si tu vois quelque chose, moi non. Et pourtant, je préférerais voir et ne pas sentir. L'air est d'une puanteur ici…

Le chevalier soliloqua longtemps avant que Rhâakzi ne prononce enfin une parole intelligible.

– Où est-on ? questionna-t-il avec effort.

– Dans le noir. Si j'en crois l'odeur, on est chez les Gobelins, ou alors dans la tanière d'un animal. Tu sens l'humidité ?

– Depuis combien de temps sommes-nous là ?

– Aucune idée. Je me torture l'esprit pour savoir comment on est arrivés ici. On était perdus dans la brume, on marchait au hasard et soudain, paf, un grand coup dans le dos. Et puis plus rien. Tu te souviens de quelque…

À cet instant, un courant d'air effleura leur visage, apportant d'autres odeurs, tout aussi terribles. Tic, tic, tic… Un petit bruit, étouffé mais désagréable, résonna loin au-dessus de leur tête. Le cœur battant, les deux compagnons se turent. Mais le bruit décrut peu à peu puis cessa complètement.

– Tu peux bouger ? reprit Rhâakzi.

– Oui. J'ai réussi à me dégager une main. Je ne sais pas avec quoi on est attachés mais ça me brûle la peau.

– Tu peux te dégager davantage ? Tu peux m'aider ?

Brunhof s'énerva :

– Et toi ? Tu ne pourrais pas te bouger un peu au lieu de poser des questions ? Tu crois que je me suis libéré en sifflotant ?

– Ne me parle pas sur ce ton ! protesta faiblement le Nain.

– Alors tais-toi et fais un effort !

Le silence retomba, simplement troublé par les halètements et les mouvements des deux hommes qui se tortillaient pour échapper à leurs liens.

Le sol changeait sous les pas des fugitifs, devenant plus dur au fur et à mesure que le tapis de feuilles mortes se transformait en une fine litière d'épines pourries. Courant sous les hauts sapins noirs, Sineth et Almoë, hors d'haleine, s'en étaient aperçus, de même qu'ils sentaient la puanteur qui les accompagnait depuis un moment.

Il n'y avait rien à faire, sinon courir, courir de toutes leurs forces, car ce qui venait derrière eux gagnait inexorablement du terrain. Le mugissement s'était propagé à la forêt entière, comme si les arbres avaient joint leur chœur à celui des Ombres. Almoë le savait maintenant : ils étaient poursuivis par les fantômes évoqués par Elmin. Ce ne pouvait pas être autre chose : l'Elfe, en jetant un coup d'œil en arrière, avait distingué de pâles lueurs dérivant entre les arbres. Des visages indistincts, des épées de brume… Dans le cœur d'Almoë, un grand froid naissait, envahissant tout son corps. La course aurait dû le faire transpirer, mais plus il courait, plus il grelottait. Il n'arrivait plus à repousser la terreur qu'il avait réussi jusqu'ici à garder loin de lui.

– Almoë, je n'en peux plus ! cria Sineth à ses côtés.

– Ne t'arrête pas, elles sont juste derrière nous !

Il voulut forcer l'allure mais Sineth ne suivait plus. Elle trébucha et s'étala de tout son long.

– Relève-toi, je t'en supplie !

Almoë sanglotait à présent. Les Ombres étaient sur eux. L'Elfe les vit clairement, flottant au-dessus du sol, dix arbres plus loin.

Il y en avait des centaines, une véritable armée de corps luminescents qui s'étiraient dans la brise du soir. Animaux, enfants, femmes, Gobelins… toutes les races, tous les peuples du continent étaient représentés dans cette troupe. Vêtus de beaux habits ou dépenaillés, jeunes ou vieux, ils paraissaient vivants. Almoë en fut presque soulagé et sa peur baissa d'un cran. Puis il remarqua une petite fille qui, les cheveux en bataille et le regard absent, caressait ce qui avait dû être… un chien ! L'animal n'avait plus ni fourrure ni peau. L'Elfe hoqueta : la main de l'enfant se promenait sur un squelette, sur lequel pendaient quelques lambeaux de chair. Les orbites vides, le fantôme aboyait mais aucun son ne sortait de sa gorge en os.

L'Elfe balaya des yeux l'assemblée. Maintenant qu'il la détaillait, il constata que, si la plupart des spectres semblaient entiers, plusieurs affichaient des blessures béantes. Des têtes ou des membres manquaient aux corps. Édentées ou bien en chair, les bouches des âmes mortes s'ouvraient et Almoë comprit enfin le sens de leur chant. C'était son nom que les Ombres psalmodiaient.

« Du feu, pourquoi n'y ai-je pas pensé plus tôt ! » songea-t-il alors. Il s'agenouilla auprès de Sineth qui sanglotait, face contre terre.

– Non, ne pleure pas mon amour, je vais faire du feu, tu vas voir, ça les éloignera...

Les Ombres s'étaient arrêtées. L'air gelait autour d'elles. L'œil fixé sur leurs silhouettes, Almoë cherchait sa pierre à brûler. Après quelques instants d'une quête fébrile, il finit par la trouver. Dans un geste de panique, il ramena vers lui des feuilles et des brindilles et tenta d'y mettre le feu. À ce moment, il prit conscience de la nature du sol. Désespéré, l'Elfe laissa tomber la pierre.

– Oh, Sineth ! Oh ! gémit-il.

La jeune fille releva la tête. Elle essaya de se mettre à quatre pattes et vit les fils gluants qui reliaient son corps au sol. Frénétiquement, elle les arracha, mais les fils restaient accrochés à ses mains. Sineth regarda son compagnon avec une expression de pure terreur. Derrière Almoë, le sol parut exploser. Une grosse motte de terre fut projetée en arrière, dévoilant une ouverture. De ce trou jaillit une forme sombre et puante qui bondit sur l'Elfe. Sineth n'eut pas le temps de crier. Elle entraperçut juste son ami qui s'agrippait au bord du gouffre.

– Du feu ! Fais du feu ! hurla-t-il.

Puis il disparut, entraîné vers l'endroit même d'où la silhouette cauchemardesque avait émergé quelques secondes auparavant.

Sineth demeura seule face aux Ombres. Elles ne chantaient plus mais hurlaient de colère. L'une d'elles, un grand squelette, sortit du rang. Il lui manquait un bras, lequel venait derrière lui, rampant à moitié sur le sol. La vieille poigne d'os tenait une lance rouillée à la pointe brisée. Sineth ferma les yeux. Elle ne vit pas l'Ombre s'engouffrer dans le trou.

Lomfor desserra les doigts.

Lentement, il reprit conscience. Les souvenirs de son passé, parvenus à leur paroxysme, s'en étaient allés d'un coup et il se retrouvait sur un sentier au milieu des bois. C'était un après-midi annonçant l'hiver, le ciel était gris. Tessa, livide, les lèvres bleues, pendait inerte au bout de son bras.

Sans un mot, le visage vide d'expression, le barbare déposa délicatement le corps de son amie sur un matelas de feuilles et de mousse. Il enroula la cape de Tessa et s'en servit pour lui faire un oreiller. Saisissant le poignet de l'adolescente, il tenta de deviner son pouls. Il souleva l'une de ses paupières.

Décomposé, Lomfor resta un instant à genoux près de la princesse. Puis il se releva pour ramasser du bois mort. Il en accumula un petit tas qu'il disposa près de Tessa. Il partit ensuite en quête de buissons dont il recueillit de jeunes pousses. Il fouilla longuement sous le tapis de feuilles, choisissant d'une main experte des morceaux de mousse dans laquelle poussaient certains champignons liés à certaines racines. Pour finir, il s'approcha d'un arbre aux feuilles encore vivaces. L'arvine-sableux eut un léger frisson lorsque Lomfor lui arracha un bout d'écorce avec sa hache. Le barbare retourna auprès de Tessa et mélangea ce qu'il venait de récolter avec le bois mort. Puis, il y mit le feu.

Celui-ci prit rapidement et une odeur douce-amère s'éleva ; Lomfor dirigea la fumée vers le visage de son amie. Le pouce placé sur le front de la princesse, le guerrier commença à murmurer des mots durs comme les pierres. Il se passa un long moment avant que l'étrange cérémonie ne s'achève. Lomfor se redressa et attendit. Comme rien ne se produisait, il devint nerveux.

– Viens, viens, je t'en supplie ! marmonna-t-il.

L'après-midi finissait lorsque l'être qu'il guettait apparut au loin entre les arbres. La créature prenait son temps, semblant jouir de l'impatience croissante du barbare. Elle s'arrêtait ici ou là, reniflant les troncs, grattant le sol, et effectuait maints détours autour des buissons. Elle réussit même, après avoir frénétiquement creusé sa tanière, à débusquer un lièvre des bois. La créature le tua d'un seul coup de mâchoires. Enfin, elle arriva auprès de Lomfor.

C'était une louve, une grande louve blanche.

– Que penses-tu de mon apparence, beau guerrier ? Je suis dans les tons de cette forêt, n'est-ce pas ? s'exclama joyeusement l'animal.

Sa voix était étonnamment fluette pour un être de cette taille.

– Je n'ai pas le temps de jouer, Wren. Sauve-la. Elle va mourir, lâcha Lomfor.

– Comment ? Tu n'aimes pas ce que je suis ? Tu aurais préféré que je me présente en chauve-souris, comme la dernière fois ? Quand était-ce, au fait… mmh, je ne m'en souviens plus !

Mimant un humain plongé dans la réflexion, la louve réussit à tirer un sourire au barbare.

– Tu t'en souviens parfaitement, répondit celui-ci. C'était pendant la guerre des…

– Oui, je me le rappelle en effet. Il faisait froid, bien plus froid qu'aujourd'hui. J'étais venue pour toi, non ? Tu étais en triste état. Depuis tout ce temps, tu m'as laissée seule dans mon coin. Ce n'est pas très gentil, Lomfor, pas gentil du tout !

– Arrête, Wren. Nous en reparlerons après si tu le souhaites. Sauve cette jeune fille, elle se meurt. S'il te plaît.

La louve parut enfin s'apercevoir de la présence de Tessa. Elle baissa son museau et renifla longuement son corps inerte. Les yeux de l'animal brillèrent sauvagement lorsqu'il regarda à nouveau le guerrier.

– Mmmmoui. Et qu'es-tu prêt à payer cette fois-ci, mon ami ? La dernière fois…

– Je sais exactement ce que je t'ai donné ! répliqua sèchement Lomfor. Pour cette enfant, demande ce que tu veux. Tu l'auras.

– Vraiment ? gloussa la louve, amusée. Bien, c'est d'accord. Je vais réfléchir pendant que je remets ta petite protégée en état. Maintenant, augmente la chaleur du feu. Et n'observe pas ce que je fais. Je n'aime pas cela.

En son for intérieur, le barbare lâcha un soupir. L'Aeleva n'avait pas mauvais fond, mais sa manie de s'attarder et ses bavardages incessants finissaient par être agaçants. Lomfor l'avait rencontrée longtemps auparavant, au cours de l'une de ses nombreuses aventures, dans les

Glaces du Nord. Ils s'étaient mutuellement sauvé la vie, et Wren s'était attachée à l'humain.

Par la suite, à trois reprises, le barbare avait fait appel aux talents de Wren, toujours pour des entreprises pacifiques, comme ce qu'il lui demandait à présent. Mais le comportement enjoué de l'Aeleva n'était qu'un leurre : derrière sa façade plus ou moins facétieuse se cachait un pouvoir bien supérieur à la force de Lomfor, que ce dernier n'avait jamais osé provoquer. Invoquer Wren était facile. Le moment où l'Esprit réclamait paiement pour son service, en revanche, était toujours des plus pénibles…

Lomfor ramassa du bois pour entretenir le feu et couper court à ses réflexions. Mieux valait ne pas penser à cela. Les flammes grandirent, répandant une chaleur bienfaisante autour d'elles. Leur éclat, projeté sous la voûte des arbres, repoussa l'obscurité du soir. Le guerrier jeta un coup d'œil sur Tessa inanimée. Elle baignait dans l'haleine de la louve, le museau de celle-ci effectuant des trajectoires compliquées au-dessus du corps de la princesse. Enfin, l'animal s'assit.

– Voilà. C'est fini. Je suis un peu déçue, Lomfor, je n'ai pas eu grand-chose à faire… soupira la créature.

Elle lécha l'une de ses pattes avant de la passer sur son museau.

– Vivra-t-elle ?

– Mais oui, elle vivra ! Dis donc, je trouve cette jeune personne très intéressante. Elle a en elle une force peu commune. C'est ta copine ?

– C'est mon amie, plus exactement. La seule véritable amie que je…

– Tu as bien changé, mon frère. Tu n'es plus le même, l'interrompit Wren. Qu'es-tu donc devenu ?

– J'ai quitté mes armées, mon Maître et mes rêves de…

– Oui, je sais cela, je le vois bien, fit l'Aeleva impatiemment. Je te parle d'autre chose, quelque chose de nouveau au fond de toi.

Le regard de Wren se fixa sur celui de Lomfor.

– Oui, répéta l'animal pensivement. Tu es tout neuf, mon ami. Te voilà redevenu enfant. Ça me plaît, tu sais.

Lomfor restait perplexe. Les paroles de l'Esprit n'avaient aucun sens pour lui. Sans transition, Wren changea de sujet de conversation.

– Nous voici arrivés à la question la plus intéressante : ma rémunération !

La louve laissa le silence s'installer. Son regard se fit moins amical, sa gueule s'ouvrit en un large sourire ironique, dévoilant les crocs qu'elle avait maintenus cachés jusqu'ici.

– As-tu une idée de ce que je peux te demander ? dit encore le démon. Car si j'en crois mes yeux, tu n'as ici ni or, ni esclaves, ni même le moindre territoire à me donner, comme l'autre fois... Bref, tu m'as fait venir gracieusement !

Wren prononça ce dernier mot avec force, en se replaçant sur ses quatre pattes. Son poil était hérissé, ses babines se retroussaient nerveusement.

– Je suis désolée, Lomfor, je dois être payée, d'une façon ou d'une autre.

Le barbare baissa les yeux. Il n'avait vraiment rien d'autre à offrir que sa vie. Et cela, il le savait depuis qu'il avait pris la décision d'invoquer l'Esprit-démon.

Tic, tic, tic. Le bruit était revenu et progressait rapidement dans leur direction. Endolori et à demi évanoui, Rhâakzi haleta :

– Ça y est ? Tu es libre ? Je crois qu'on a un visiteur.

Tic, tic, tic. Le mouvement était vraiment rapide. Brunhof grogna :

– J'ai sorti mon bras gauche. Et je m'acharne sur le reste, mais ça colle vraiment aux doigts, ce truc. Tu devrais t'estimer heureux de ne plus porter de barbe, tu en aurais plein les poils.

– Brunhof ! reprit Rhâakzi. Je te promets que si je sors de là, je te…

Tic, tic, tic.

– Chut ! C'est là, tout près, souffla le chevalier.

Cela avait une taille suffisante pour provoquer de grands déplacements d'air et projeter à leurs narines des bouffées de vapeurs immondes, les faisant presque tourner de l'œil. Rhâakzi et Brunhof retinrent leur respiration. Cliquetis, chuintements, bruits mouillés. Cela déposait quelque chose par terre, cela creusait le sol, cela s'articulait et se désarticulait. Cela salivait…

Rhâakzi était maintenant complètement réveillé, aiguillonné par un effroi comme il n'en avait jamais éprouvé. Il faillit hurler lorsque la chose le frôla involontairement. Un faible gémissement s'éleva au milieu de ce concert de bruits inhumains.

– … du feu… Sineth, du…

La bête lâcha un gargouillement et la plainte finit en étranglement. Brunhof et Rhâakzi hoquetèrent. Almoë ! C'était lui qui venait de parler. C'en fut trop pour le chevalier qui explosa :

– Saleté de bête ! Montre-toi ! Détache-moi et bats-toi ! Gros tas de boue, je vais t'arracher la peau avec les dents, je vais te…

Le Nain sentit son estomac se soulever.

– Non, Brunhof, par pitié, tais-toi, tais-toi, ne guide pas cette chose vers nous, je t'en supplie.

Il geignait comme un enfant, de grosses larmes de terreur dans les yeux. Soudain, il aperçut, très loin devant lui, un faible scintillement. Après tout ce temps passé dans l'obscurité, il en fut presque ébloui.

Les éclats de rage de Brunhof masquaient les terribles bruits de la créature.

– Brunhof ! Il y a encore un truc qui arrive, là-bas, une lumière. Mais que se passe-t-il, bon sang, que se passe-t-il ?

La lueur grandit, encore et encore. Ce qui brillait ainsi était une silhouette humaine, mais le Nain n'en distinguait que la forme générale. Elle s'avançait le long du tunnel maladroitement creusé dans le sol. La lumière révéla enfin les détails de l'antre dans lequel se tenaient Rhâakzi, Brunhof et Almoë. C'était pire que tout ce qu'ils avaient imaginé.

L'araignée racinaire a ceci de particulier qu'elle ne tend pas sa toile dans les airs, entre les branchages de la forêt, mais bel et bien au niveau du sol et en dessous. Cela commence par un trou qu'elle peine à creuser pendant de longues journées, à la fin de l'été. La nature n'ayant pas doté cette créature de mains ni d'aucun outil, le tunnel ainsi foré reste assez grossier. Mais la beauté de l'ouvrage n'est pas le but principal de la bête : elle se contente de ce souterrain tant qu'il laisse passer son corps volumineux et qu'il ne s'effondre pas à l'usage. Le tunnel se termine donc après maints détours et coudes dans une petite caverne abondamment tapissée d'une toile visqueuse. C'est là la résidence principale de l'araignée racinaire, cette unique pièce lui servant à la fois de dortoir, de chambre de reproduction, d'entrepôt et… de cuisine.

La racinaire, être de la terre et non du soleil, met un soin tout particulier à tisser sa toile. Encore une fois, la beauté n'est pas l'objectif recherché, mais plutôt l'efficacité : la toile doit être solide et le maillage resserré. Car les fils gluants remontent le long du tunnel jusqu'à la sortie à l'air libre. Là, la toile s'étend tout autour du trou en un large tapis circulaire. L'araignée finit la construction de son antre en recouvrant ce tapis de branches et de feuilles et en fabriquant un couvercle d'humus. Elle dispose ce dernier au-dessus du trou et se terre juste au-dessous, à l'affût. Ainsi, les malheureuses créatures venant à s'échouer sur ce piège sont immédiatement capturées, mordues et descendues jusqu'à l'entrepôt-cuisine-dortoir, tout en bas.

Bien entendu, l'efficacité et la dissimulation du piège sont largement renforcées lorsque les victimes se retrouvent perdues dans la brume du matin, comme Rhâakzi et Brunhof, ou pourchassées dans l'obscurité de la nuit, comme Sineth et Almoë…

Pour Rhâakzi, la scène évoquait le cauchemar d'un dément.

Il vit le doux cocon de toile qui les enserrait, Brunhof et lui. Il évalua la largeur et la hauteur de la caverne, suffisamment vaste pour contenir une dizaine d'hommes de la carrure du chevalier. Il aperçut Almoë, inerte, à demi enfoui sous de longs filaments blanchâtres reliés à l'abdomen du monstre. S'y ajoutaient de multiples carcasses d'animaux, certaines à l'état d'ossements, d'autres encore fraîches comme le sanglier ou le cerf, là-bas. Non loin de lui, le Nain repéra une épée en mauvais état, parmi un tas de débris dont il ne voulait pas connaître l'origine. Rouillée, ébréchée, cela restait une arme. Au milieu de ce spectacle d'horreur, c'était la seule chose qui pouvait rassurer Rhâakzi.

L'araignée racinaire était moins grande que ce qu'il avait imaginé, mais bien plus large. Généralement, les araignées étaient noires et velues. Ce n'était pas le cas de celle-ci. Elle n'avait pas de poils et cela la rendait sans doute plus hideuse. Son cartilage, d'une blancheur maladive, était taché par endroits de plaques rougeâtres, là où les ligaments se faisaient plus fins, laissant apparaître les organes internes de la bête. La racinaire faisait face à l'intrus lumineux, aussi Rhâakzi ne put-il distinguer ses mandibules.

Il avait en revanche une vue imprenable sur l'arrière de la bête, et notamment sur son sac à venin. Translucide, celui-ci laissait voir l'épais liquide qui bouillonnait. Au sommet de la tête de l'araignée, ses yeux étaient groupés en une sorte de petite tourelle parcourue de points rouges qui s'agitaient spasmodiquement. Rhâakzi comprit qu'elle voyait dans toutes les directions à la fois. Le Nain crut défaillir. Il jeta un coup d'œil à Brunhof qui paraissait évanoui. Mais le chevalier parla d'une voix tremblante :

– Ça y est ? Elle est partie ? Je peux rouvrir les yeux ?

– Tais-toi, je t'en supplie.

– C'est quoi, la lumière ?

De sa position, gêné par la racinaire, Rhâakzi n'identifiait pas le nouveau venu. Mais quel qu'il fût, il ne pouvait être pire que l'araignée. Le Nain se mordit les lèvres et se décida d'un coup :

– Ohé ? L'étranger ? On est là ! Vous pouvez…

Devant lui, il y eut un brusque mouvement. L'araignée siffla et s'agita en une série de soubresauts. Elle finit par s'effondrer sur elle-même, inerte. La source de lumière fut alors révélée et Rhâakzi ravala ses mots.

– Rhâakzi ? Que se passe-t-il ? beugla Brunhof.

Chapitre 6

Un réveil douloureux ■ Prise entre trois feux ■ La force de l'Ombre ■ Le récit de Lomfor ■ Seule, abandonnée

– Pî. Pû.

Les petits bruits dans son oreille finirent par réveiller Tessa. Il faisait nuit, mais un feu illuminait la voûte des arbres au-dessus d'elle. Allongée près du foyer, Tessa se sentait reposée, même si elle avait mal au cou. Sa gorge était irritée. Soudain, elle se souvint. Lomfor !

Le discret pépiement retentit à nouveau. Tessa tenta d'en localiser l'origine. Cela venait de derrière sa tête ou de son oreille droite. Agacée, elle se frotta le lobe. Puis son attention fut attirée par un mouvement, à la limite de son champ de vision, de l'autre côté du foyer.

– Lomfor ? appela-t-elle, la voix cassée.

Ce qui s'était déplacé recula dans l'ombre. L'espace d'un instant, Tessa crut voir briller deux yeux sauvages. Elle appela Lomfor encore une fois. « Mon ami ! songea-t-elle au même moment, il m'a presque tuée ! »

– Je suis là, Tessa.

L'adolescente sursauta. Le grand barbare était assis en tailleur à ses côtés depuis le début.

– Comment te sens-tu ? poursuivit-il.

Sa voix était calme, il semblait être redevenu lui-même.

– Bien. Plutôt bien. J'ai juste mal… à la gorge.

– Là où j'ai serré. C'est normal. Cela va passer, ne t'inquiète pas.

Un silence.

– Je suis désolé, Tessa. Ce n'était pas moi. Enfin, si, mais je ne me contrôlais pas, je ne savais plus ce que je faisais ni même où j'étais…

La princesse hésita, elle ne savait que dire.

– Près du feu… il y avait quelqu'un. Il est parti quand je t'ai appelé. Qui était-ce ? demanda-t-elle.

Lomfor ne répondit pas tout de suite. Il se leva, contourna les flammes et fit quelques pas dans l'obscurité. Revenant auprès de la jeune fille, il précisa :

– C'était une amie, celle qui t'a… soignée.

– Une amie ? Larania ? On a retrouvé les autres ?

– Non. Quelqu'un que je suis seul à connaître. Elle est partie à présent, tu n'as pas à t'en faire.

Tessa se mit avec difficulté sur son séant, puis elle s'agenouilla.

– Écoute, Lomfor, tu as essayé de me tuer et maintenant, je peux à peine parler, j'ai un sifflement dans l'oreille, et tu continues à t'exprimer par énigmes. Tu fuis la conversation, et tout cela depuis la rencontre avec le sorcier. Je t'en prie, explique-moi ce qui se passe. Arrête tes mystères !

Lomfor baissa les yeux devant la colère de la jeune fille. Il leva une main pour l'apaiser et entreprit de lui raconter comment Wren l'avait soignée. Abasourdie, Tessa l'écouta. À la fin, elle s'exclama :

– Une Aeleva ? Tu es ami avec... avec un Esprit-démon ? Et c'est ça qui m'a sauvée ?

Lomfor lui laissa le temps de digérer l'information avant de poursuivre.

– Une amie, oui. Aujourd'hui, je peux le dire. Avant, c'était plutôt une alliée, une... une...

Le barbare cherchait ses mots. Il ne s'était jamais senti aussi misérable de sa vie. Il prit une grande inspiration et se lança :

– Tessa, j'ai quelque chose à te confier. Non, écoute-moi jusqu'au bout, ajouta-t-il alors que l'adolescente s'apprêtait à l'interrompre. Après mon histoire, ton regard sur moi ne sera plus le même. Tu me rejetteras, je ne ferai sans doute plus partie de la communauté des Voyageurs. Permets-moi de profiter de ces derniers instants avec toi.

La tension et l'émotion contenues dans la voix du guerrier émurent la princesse aux larmes ; Lomfor se laissait rarement aller aux confidences et jamais, ô jamais, de cette façon.

– Lomfor, arrête, tu me fais peur..., commença-t-elle.

– Tessa, je t'en supplie, laisse-moi parler. Je ne suis même pas sûr d'avoir la force de tout te dire.

Lomfor se leva et alla chercher d'autres morceaux de bois qu'il jeta dans le feu. Puis il s'assit juste en face de Tessa. Au-dessus d'eux, le ciel était dégagé et les étoiles brillaient par intermittence. L'Onde était encore cachée. Un froid mordant s'étendit sur la forêt pendant que Lomfor entamait son récit.

– J'ai fait le mal, Tessa. Je l'ai servi. J'ai été le mal. J'ai consacré plus de la moitié de ma vie à conquérir, détruire, piller, massacrer, asservir. Tout cela afin d'obtenir la puissance et la gloire...

Le cœur brisé, Tessa entendit la confession de son ami dans sa totalité. Avant la fin, elle avait épuisé ses réserves de larmes. Lomfor n'omit rien, décidé à vider son cœur du poison qui le rongeait.

Au-delà de la panique, au-delà de la terreur, il n'y a plus rien. Juste un grand silence, vide, désespéré. C'est le moment où la folie s'empare de l'esprit des hommes. La folie, ou la révolte. Ce silence résonnait dans tout le corps de Sineth. Elle avait senti l'Ombre la dépasser et s'enfoncer dans le trou où son ami avait été entraîné. La jeune paysanne n'avait pas d'autre choix : la démence ou bien la révolte, sous quelque forme que ce soit. La mort par exemple.

La folie l'avait effleurée lorsqu'elle avait assisté au massacre de ses parents, trois jours plus tôt – ou était-ce des années auparavant ? La folie avait frôlé Sineth quand celle-ci avait découvert la cicatrice hideuse que lui avait infligée le sorcier. La folie avait couru à ses côtés pendant la terrible fuite dans la forêt. Elle lui tendait maintenant les bras tandis que Sineth restait seule avec les spectres, près de la tanière d'un monstre qu'elle n'avait même pas vu.

– Du feu..., marmonna-t-elle. Pauvre Almoë, je ne pense pas que le feu puisse quelque chose contre elles.

Elle ramassa la pierre à brûler de l'Elfe, tombée à côté d'elle. Égratignée, ses vêtements à moitié déchirés, recouverte de la toile gluante des racinaires, Sineth ressemblait à une folle. Pourtant, elle ne l'était pas, car elle avait choisi la révolte.

Le feu eut du mal à prendre sur l'humus mouillé. Après quelques essais infructueux, il démarra. Il glissa tout doucement, bondissant de brindilles en feuilles, désordonné, incontrôlable. Les Ombres ne bougeaient pas, elles ne la regardaient pas. Leur attention était dirigée vers l'ouverture béante dans le sol. Elles attendaient le retour de leur compagnon. De *leurs* compagnons. Sineth saisit une longue branche qu'elle enflamma. Puis elle s'avança vers les spectres et les menaça de sa torche improvisée. Elle n'obtint pas plus de réaction. La torche passa au travers des corps désincarnés.

Derrière Sineth, l'incendie se propageait. Lorsqu'elle se retourna, elle vit que ses épreuves n'étaient pas terminées. Elle n'était pas seule. Une dizaine d'araignées racinaires, alertées par les flammes, la fumée et les éclats de voix, avaient quitté leurs tanières. Elles se tenaient à l'écart et, soumises à l'immense pouvoir des Ombres, attendaient juste que celles-ci se retirent. La volonté de Sineth ne fléchit pas. Cernée par le feu, les araignées et les spectres silencieux, elle s'approcha du trou creusé dans le sol. La jeune femme ne pouvait lutter ni contre les Ombres ni contre les araignées. Elle allait donc chercher Almoë.

Almoë ne ressentait rien et ne pouvait bouger. Ses pensées, seules, étaient actives. Il se souvenait du moment où, désespérant de faire du feu, il parlait à Sineth tandis que les Ombres se rapprochaient. Puis il y avait eu ce choc dans son dos. Il s'était senti entraîné en arrière. Après, c'était le noir. Quelqu'un ou quelque chose de très puissant l'avait bringuebalé. Pendant ce temps, le poison avait agi, envahissant son corps, le privant peu à peu de toute sensation. Quand on l'avait jeté violemment à terre comme un sac, il était déjà paralysé.

Almoë avait entendu des chuchotements. Il avait failli en rire car il avait reconnu les voix de Rhâakzi et de Brunhof. Mais c'était idiot, qu'auraient fait ses deux compagnons dans ce cauchemar ? Il avait tenté de bredouiller quelques mots. Cela avait dû agacer le monstre car celui-ci l'avait encore mordu. Puis une lueur avait surgi et l'Elfe avait compris que tout cela était bien réel.

Une énorme araignée se tenait au-dessus de lui, ses mandibules dégoulinant de bave. Plus loin dans la caverne, la tête du Nain et celle du chevalier dépassaient comiquement de deux cocons de toile. L'araignée était tournée vers la lumière. Le squelette qui projetait cette lueur fantomatique avait tendu une main vers la créature sifflante, furieuse d'être dérangée. Celle-ci s'était effondrée, foudroyée. Maintenant, l'Ombre se dressait devant l'Elfe. « Enfin, tout cela va cesser ! » pensa Almoë.

Les orbites vides du squelette se fixèrent sur son propre regard. Le fantôme lui apparut alors dans toute sa splendeur, tel qu'il était avant de devenir spectre. Longtemps auparavant, il y avait eu de la chair autour de ces os, une âme et des émotions les avaient animés. Le spectre avait été prince, valeureux combattant d'un royaume aujourd'hui oublié. On l'admirait pour ses prouesses, pour sa bonté, pour ce qu'il était et ce qu'il avait fait. À sa mort, on l'avait enterré en grande cérémonie. Et plus tard, les Ombres l'avaient appelé.

Almoë n'arrivait pas à croire que cet être le réclamait, lui, un simple Elfe anonyme. Le prince lui demandait de le rejoindre dans cet autre royaume, spectral et mélancolique, afin de régner à jamais en compagnie des âmes perdues. À cet instant, Almoë voulut appartenir à cette troupe. Vivre éternellement libéré de toute torture, d'un corps qu'il ne sentait plus, d'une errance sans limite, de cette malédiction qui le ferait souffrir jusqu'à la fin de ses jours. Almoë pensa à Sineth. Silencieusement, il formula une question : la jeune fille pouvait-elle accéder à cette non-vie éternelle ? Cela lui fut refusé.

– Pourquoi ?

– Le prix du passage de tes compagnons a été fixé. Deux d'entre vous. Toi et une autre fille que Sineth. C'est un prix juste, répondit une voix emplie de gravité.

Almoë n'en éprouva ni peine ni joie : oui, cela paraissait juste.

Une main décharnée se déplia lentement vers l'Elfe allongé à terre. Os par os. Mais ce dernier ne voyait que la main bienveillante d'un grand prince l'invitant à combattre à ses côtés. Le rythme cardiaque de l'Elfe diminua encore. Le poison de l'araignée reflua dans ses veines, remplacé par une fraîcheur bienfaisante.

Almoë ferma les yeux, s'endormit, mourut. Puis il saisit la main que l'Ombre lui tendait. Sans effort, il se remit sur ses jambes. Le squelette s'inclina brièvement devant lui tandis qu'un pâle éclat scintillait autour du corps de l'Elfe. Ensemble, ils repartirent le long du tunnel creusé par la racinaire, vers la surface. L'antre de l'araignée retrouva l'obscurité qui avait toujours été la sienne.

Ni Rhâakzi ni Brunhof ne parvenaient à déterminer ce qui les avait choqués le plus : l'araignée, l'Ombre ou Almoë s'en allant à la suite du spectre.

– Ils auraient quand même pu nous sortir de là ! lança Brunhof.

– Il me vient une affreuse idée… chuchota le Nain. Et si l'araignée n'était qu'un des habitants de la tanière ? Elle pourrait avoir des parents, non ? Ou même des frères et des sœurs ?

– Mais tu vas te taire, maudit Nain ! hurla le chevalier. Libère-toi et tais-toi !

Les deux hommes se débattirent désespérément contre leurs liens. Au bout d'un moment qui leur parut une éternité, poussés par la terreur d'entendre à nouveau les horribles cliquetis signalant le déplacement d'une araignée, ils finirent par tomber sur le sol, enfin sortis de leur cocon. Retrouver l'usage de leurs membres après une si longue immobilité leur tira des gémissements de douleur. Mais leur effroi était tel que, même tiraillés par les crampes et les courbatures, ils s'affairèrent promptement et à tâtons parmi les dépouilles des victimes de la racinaire, à la recherche de l'arme que Rhâakzi avait entraperçue un peu plus tôt.

– J'ai une épée ! cria Brunhof.

– Et moi un… un truc, je ne sais pas ce que c'est, mais c'est lourd !

– Alors vite ! Filons d'ici !

Les deux Voyageurs s'engouffrèrent dans le tunnel, luttant contre la soie gluante qui ralentissait leurs mouvements.

Tessa sursauta. Lomfor lui racontait ses premiers combats, lorsqu'il n'en était qu'à faire ses preuves comme simple guerrier. Mais depuis le début de son récit, elle était dérangée par ces petits couinements autour de sa tête. Ils allaient et venaient, à droite, à gauche, en arrière, dans ses cheveux, près de son oreille… Elle n'osait pas, elle ne pouvait pas, interrompre le barbare, mais l'irritation la gagnait. Pour finir, elle claqua des mains devant son visage. Surpris, Lomfor s'arrêta.

– Quelque chose ne va pas ?

– Non, je suis désolée, c'est juste une bête qui me tourne autour comme un moustique. Ça me porte sur les nerfs. Continue, je t'en prie...

Lomfor replongea dans son récit et expliqua à son amie comment, enfant, il avait été élevé dans l'art de la guerre.

Ce n'était pas si difficile, il suffisait de combattre et de survivre. Survivre aux voyages éprouvants, aux ordres des chefs, aux armes ennemies, à ses propres peurs. Il suffisait d'obéir. Lomfor s'était montré obéissant et il avait survécu. Sa force grandit en même temps que son courage, qui allait parfois jusqu'à l'inconscience. Son père, qui suivait ses progrès, le félicitait. Et Lomfor, fier, ne ménageait pas ses efforts. Pour cela, il fut récompensé. Le jeune barbare fut convoqué devant le Trône Rouge, dans l'immense caverne où le Maître donnait ses ordres...

Lomfor se tut un instant, cherchant ses mots. Comme il n'y arrivait pas, il haussa les épaules.

– Je ne sais comment te le décrire, et je ne peux même pas te dire d'où il venait. Pour moi, c'était une grosse langue de feu, couverte d'yeux. Je tombais à genoux, en adoration devant lui. Car je le trouvais… beau !

– N'étais-tu pas terrifié ? s'étonna Tessa.

– Comment l'aurais-je été ? J'étais éduqué avec l'idée que c'était lui qui gouvernait le monde. Il était la justice, l'ordre… Les villages et les peuplades qu'on nous envoyait combattre étaient pour moi dans l'erreur, ils ignoraient sa lumière. À ma connaissance, il était le seul à tout savoir sur les hommes, sur leurs affaires. Il parlait et c'était juste, il commandait et c'était la seule voie à suivre ! Je n'avais pas d'autre référence. Voilà pourquoi je n'étais pas terrifié tant que je n'encourais pas son courroux.

Lomfor quitta les champs de bataille pour entrer au service direct du Maître. On l'expédia hors des royaumes souterrains, dans les déserts, sur des rivages inconnus. C'est là que le barbare apprit la souffrance de la solitude, loin des siens, à la recherche d'objets sacrés et de créatures mythiques nécessaires aux sombres projets du Maître.

Le temps s'écoula encore et Lomfor, au fil des missions secrètes et damnées qu'on lui confiait, se surpassa. Ses appétits évoluèrent à mesure qu'il grandissait. Adolescent, il ne demandait qu'à contenter son père et son seigneur ; adulte, il réclama pouvoir et richesse et les obtint en plus du reste. Il dépassa son père dans ces deux domaines et dans tous les autres.

Mais il lui vouait encore un profond respect car c'était lui qui, un jour, l'avait aiguillé vers ce destin. Le Maître trouva donc en Lomfor l'un de ses plus fidèles serviteurs et, sans doute, son meilleur exécutant. Il avait fait de lui un héros. Ce n'était qu'un début : Lomfor deviendrait une légende ! Bientôt, l'esprit du mal lui révéla son ultime dessein.

– Aujourd'hui, cet objectif me paraît tellement dérisoire, dénué de sens… fit Lomfor avec un sourire las. Conquérir le monde ! N'est-ce pas le souhait du premier général venu, du souverain le moins inspiré ? Dire que j'ai cru en cela !

Tessa avait complètement oublié les piaillements agaçants. Comme l'avait annoncé Lomfor, son regard sur lui changeait au fil de son récit. Pour elle, il avait été ce frère aîné, cet ami protecteur qui lui avait sauvé la vie. Pour ce qu'elle en savait, Lomfor avait toujours travaillé au service de son père, souverain d'Emeryn, comme Ôk ou Larania. Elle s'était bien posé quelques questions sur les origines du barbare, car ses coutumes différaient de celles de son propre royaume. Mais elle avait toujours respecté le silence que son ami opposait à ses interrogations. À présent, plus il parlait, plus le cœur de l'adolescente se chargeait d'horreur et de chagrin.

Dominer le ciel, la terre et les océans, voilà ce que souhaitait le Maître, après des années passées sous terre à amasser ses forces sinistres dans ce dessein. À l'époque, pour Lomfor, ce n'était que justice : le monde se devait d'accueillir les paroles de son seigneur, de gré ou de force. Combien de fois son père le lui avait-il répété !

Un jour, Lomfor – de même que son ami le sorcier Erzech'Ûl et d'autres héros du Maître – reçut le commandement des armées d'invasion et son père en pleura de joie. L'un de ses rêves se réalisait enfin. Tout allait bien, Lomfor et Erzech'Ûl, devenus amis, plaisantaient et se congratulaient. Ils savaient qu'ils commençaient à récolter les fruits de leurs longues années d'apprentissage. Bientôt, eux aussi régneraient sur l'une des terres qu'ils auraient réduites à leur merci.

Vint le moment où le Maître exigea de chacun de ses généraux un dernier sacrifice. À Lomfor, il réclama la mort d'un homme. Des exécutions, le guerrier en avait commis des dizaines sans sourciller, parfois même en souriant. Mais celle-ci… Le barbare ne comprit pas en quoi cette mort servirait les projets de son seigneur. C'était absurde ! Sans le savoir, le Maître perdit ce jour-là le héros qu'il voulait transformer en légende.

Lomfor marqua une pause, but un peu d'eau à sa gourde. Lorsqu'il reprit la parole, sa voix tremblait.

– Tu sais, Tessa, l'autre nuit, celle pendant laquelle la brume nous a séparés, j'ai fait un rêve. Le pire de mes cauchemars. Je courais dans des tunnels que mes propres soldats avaient creusés, à la poursuite de quelqu'un, pour le tuer. En réalité, ce n'était pas un rêve, juste un souvenir que je croyais étouffé après toutes ces années. Je poursuivais mon père, Tessa... mon père ! Et je devais ramener sa tête à mon Maître, comme il me l'avait demandé.

L'immense guerrier finit sa phrase dans un sanglot. Tessa, horrifiée, ne bougeait pas. Dans un souffle, elle l'interrogea :

– Qu'as-tu fait, Lomfor ? Ne me dis pas que...

Sineth était empêtrée dans la soie, à l'entrée du trou de la racinaire.

Un bref éclat, au fond du souterrain, attira son attention. L'Ombre ! Elle était de retour ! La jeune fille jura. Elle n'avait aucun endroit où se réfugier. Derrière elle, le feu grimpait le long des troncs les plus proches, même s'il semblait perdre de sa vigueur : trop d'humidité sur les arbres et sur le sol, pas assez de feuillage ni de vent. La protection des flammes ne durerait guère. Les araignées restaient toujours à l'écart, mais leur cercle s'était resserré. Quant aux Ombres, elles se contentaient de dériver dans l'air, indifférentes au monde des vivants.

Sineth recula, s'approchant le plus possible des flammes sans se brûler. Elle vit alors le grand squelette sortir de l'antre. À sa suite, livide mais apparemment serein, venait Almoë. Le souffle manqua à Sineth.

– Almoë, s'étrangla-t-elle. Almoë, tu es vivant !

Folle d'espoir, elle se jeta vers lui en pleurant. Ce fut cruel, car Almoë ne se retourna pas. Marchant dans les pas de l'Ombre, il rejoignait ceux de son peuple. Les autres spectres commençaient déjà à refluer ; une partie du prix – l'Elfe – avait été payée, il fallait maintenant réclamer le restant, une jeune fille qui n'était pas Sineth, mais qui errait elle aussi dans la forêt. Leurs rangs s'espacèrent tandis qu'ils s'enfonçaient tranquillement entre les arbres.

Sineth ne comprit pas tout de suite. Elle hurla :

– Almoe ! Je suis là ! Je suis vivante !

Elle avait l'impression d'évoluer dans un cauchemar dans lequel elle courait sans parvenir à avancer. L'Elfe s'éloignait et elle n'arrivait pas à le rattraper malgré ses efforts désespérés. Elle se débattit contre les fils de soie qui s'accrochaient à ses semelles. Almoë s'en allait sans qu'elle ne puisse rien y faire. Sineth abandonna enfin. Elle se laissa tomber sur le sol et éclata en sanglots.

– Almoë ! appela-t-elle une dernière fois. Regarde-moi, je t'en supplie. Je t'aime, oh ! Si tu savais comme je t'aime…

L'Elfe s'arrêta et se retourna. Juste devant lui, le squelette continuait d'avancer. Almoë parut hésiter. Il regarda l'Ombre, puis Sineth. Son visage luisait faiblement dans l'obscurité, comme son corps, et la jeune femme comprit.

– Adieu ! réussit-elle à articuler. Adieu, mon bel Elfe !

Almoë ne répondit pas. Un étrange sourire s'afficha sur ses lèvres. Cela ramena la paix dans le cœur de Sineth. Il l'avait entendue, il l'avait reconnue, elle en était sûre.

Almoë disparut dans les profondeurs de la nuit. L'obscurité revint sous les arbres, là où s'étaient tenues les Ombres, et Sineth resta seule dans les ténèbres éclairées par les flammes mourantes.

Les racinaires n'attendaient que ce moment.

Chapitre 7

Le jugement de Tessa ■ Torches contre mandibules ■ La vie, la mort ■ Un vain souhait

– Tessa, il faut que tu saches qu'au moment où je l'ai rattrapé et couché sur le dos, mon père ne cillait pas, il souriait ! Il savait, sans doute depuis le jour où il m'avait offert au Maître, que cela se produirait. Et il m'encourageait, comme il l'a fait pendant toute ma vie, mais cette fois pour que je le tue ! J'ai levé ma hache en hurlant, car je n'avais pas encore pris ma décision. Je l'ai abaissée d'un coup…

Tessa se cachait les yeux dans ses mains. Le bourdonnement gênant était revenu, mais elle finissait par le trouver presque agréable car il la rappelait à la réalité. Elle était bien perdue dans une forêt inconnue, par une nuit glaciale, auprès d'un feu mourant, et non dans un dédale de souterrains aux côtés de Lomfor…

– Pourquoi ne m'en as-tu jamais parlé ? réussit-elle à articuler, la voix brisée. As-tu déjà partagé ce fardeau ? Mon père était-il au courant ? Ôk ?

Mais Lomfor ne l'écoutait pas. Il revivait l'instant où sa vie avait basculé.

– … et je l'ai fracassée sur la pierre.

Tessa baissa ses mains et le fixa.

– Tu… tu ne l'as pas tué ?

– Non. Je n'ai pas pu. Je suis resté penché sur lui en pleurant. Mon père s'est énervé, il m'a insulté. Il a même voulu me prendre la hache des mains afin de « finir ma tâche ». Ce sont ses propres mots. Il ne voulait que mon bien… Je lui ai désobéi, et j'ai désobéi au Maître. À partir de ce moment, ma vie allait devenir un enfer. Mon père le savait et il voulait m'éviter cela.

C'est pourtant ce que Lomfor avait fait. Il avait laissé là son père, son Maître, son royaume et ses armées, sa gloire et sa puissance… son destin de légende. Lomfor épargna à Tessa le récit de ses souffrances, sur les chemins qu'il prit alors pour fuir le courroux de ceux qu'il avait abandonnés. Une longue et effrayante errance qui s'acheva au bord d'un désert de sable fin, presque rose. Lomfor n'en avait jamais touché d'aussi doux. Il songea que c'était un bel endroit pour mourir. Mais le sort en décida autrement. À demi mort, il fut recueilli par le plus étrange des hommes, un vieillard simplement vêtu d'une robe bleue, au dos si courbé qu'il paraissait cassé en deux.

– Désert Maître-Mort, c'était son nom..., poursuivit Lomfor. Au début, j'ai cru que j'étais fou. Mais je ne l'étais pas, grands dieux, non. Et c'est lui qui m'a...

– Désert Maître-Mort ! s'exclama Tessa... mais c'est un conte, une légende qu'on raconte aux enfants !

– Oui. Je te l'ai racontée plusieurs fois quand tu étais petite. L'histoire de cet homme qui parcourt le désert inlassablement, un lourd marteau à la main, réduisant montagnes, rochers et pierres en grains de sable.

– Lomfor ! Ce n'est pas possible ! Tu as vu l'homme qui verra la fin du monde. Qui finira le monde...

– ... en brisant la dernière pierre du dernier rocher de la dernière montagne, tout cela avec un marteau d'acier. Oui, Tessa, cet homme, je l'ai approché. C'est lui qui a pansé mes plaies, étanché ma soif et apaisé mes souffrances. J'ai passé de longues semaines avec lui. Et cela compte parmi les plus beaux moments de ma vie, crois-moi.

La jeune fille secouait la tête. Tout cela était irréel. Mais Lomfor continuait :

– Après avoir récupéré des forces, j'ai travaillé avec lui, réduisant pierres et rocs en sable. Aucune activité ne me paraissait plus noble alors. Un matin, j'avais saisi la masse qu'il m'avait donnée et m'apprêtais à arpenter le désert, quand Maître-Mort m'annonça : « Ton temps ici est terminé, Lomfor. Tu dois poursuivre ton chemin. » Si tu savais comme cela m'a fait mal… Je ne voulais pas m'en aller. J'ai supplié, j'ai tempêté, je l'ai même menacé, mais il est resté inflexible. Alors je suis parti, après qu'il m'eut tatoué des signes que je ne comprenais pas sur les épaules et sur les bras. Je n'ai jamais su ce qu'ils signifiaient, jusqu'au jour où on me les a retirés.

Tessa bondit.

– Avant-hier ! Le sorcier, il t'a volé tes tatouages !

– Oui, et les souvenirs de mon ancienne vie sont revenus d'un coup à la surface. Grâce à cette écriture vivante, le vieux Désert me protégeait d'eux. Erzech'Ûl savait ce qu'il faisait lorsqu'il me les a ôtés.

Cette nouvelle révélation bouleversa Tessa. Erzech'Ûl, c'était donc lui, l'ancien compagnon de Lomfor, le sorcier qui les avait maudits, lui, elle, Sineth et tous les autres. Mais s'il était là, cela signifiait que…

– Lomfor… commença-t-elle, avec l'impression que le monde s'effondrait sous ses pieds, ton Maître, ton ancien Maître, ce sont ses armées que nous avons croisées près d'Archst ?

Lomfor hocha la tête.

– Voilà pourquoi je te disais que nous ne serons plus en sécurité nulle part.

Il y eut un silence. La nuit était bien avancée et le froid engourdissait les deux compagnons malgré le feu qui brûlait vigoureusement. Tessa frissonna lorsqu'elle entendit une longue plainte résonner dans le lointain.

– Des loups, il ne manquait plus qu'eux ! soupira-t-elle.

Pour se rassurer et lutter contre le froid, elle vint s'asseoir à côté de Lomfor. Elle mit sa tête sur son épaule et demanda ce qui s'était passé après la rencontre avec Désert Maître-Mort.

– Il n'y a plus grand-chose à ajouter, Tessa. Tu sais tout maintenant. J'ai continué à errer de-ci de-là, sans parvenir à me fixer. Un beau jour, je suis arrivé aux portes du palais de ton père. J'ai offert mes services, il m'a engagé. Tu es née quelques années plus tard et… et voilà !

Lomfor pleurait, tout doucement, sans bruit. Tessa serra fort son bras, silencieusement. C'était pourtant à son tour de s'exprimer ; Lomfor avait parlé et il attendait un jugement, le sien. Plus que jamais, la jeune fille déplora l'absence de ses parents. Et celle de Ôk, de

Larania et d'Elmin. Ces adultes avaient une expérience de la vie qu'elle ne possédait pas, ils auraient su comment réagir face à une telle confession. Mais ils n'étaient pas là, elle était seule avec son ami et un insecte qui la harcelait, dans une forêt glaciale infestée de loups. Leurs cris se rapprochaient. À bien écouter, cela ressemblait aux gémissements du vent. Elle se redressa.

– Tu as entendu ?

– Oui, fit Lomfor en saisissant sa hache.

– Ce sont des loups ?

– Sans doute.

Les sourcils froncés, le barbare scrutait l'obscurité. Il ordonna à la princesse de rester près du feu et de ne pas bouger. Tessa le regarda attentivement. Il avait toujours été ainsi, protecteur, fort, sûr de lui. Personne d'autre n'inspirait autant confiance à la jeune fille. Ce fut pour elle comme une révélation.

– Lomfor, tu te trompes. Tu es toujours le même. Tu as moins de secrets, c'est tout, fit joyeusement Tessa.

– Que veux-tu dire ?

– Je n'ai pas à t'absoudre ni à te condamner. Je suis ton amie. Ce que tu as fait par le passé, c'est à toi d'y repenser paisiblement. Un jour viendra peut-être où tu seras jugé, mais ce ne sera ni par moi ni par aucun autre Voyageur. En attendant, tout ce que tu peux faire, c'est réparer le mal que tu as causé, en combattant pour le bien. Et il me semble que depuis quelques années, tu y réussis, non ?

Concentré, Lomfor l'écoutait. Tessa le prit par les mains.

– Tu me protèges, Lomfor, depuis toujours. Tu nous protèges tous. Continue dans cette voie, lutte ! Ne te laisse pas envahir par ton terrible passé. Accepte-le. Agis aujourd'hui en fonction de ce que tu es et de ce que tu veux être. Ce que tu as été ne compte pas pour moi, tu comprends ?

Les épaules voûtées, Lomfor secoua la tête.

– Tu sais le mal que j'ai commis, Tessa, je dois payer pour cela.

La princesse fronça les sourcils.

– À propos de payer… tu ne m'as pas dit ce que Wren, ton amie démon, t'avait demandé ?

À son tour, Lomfor sourit.

– Tu ne me croiras peut-être pas, mais rien ! Elle a écouté mon histoire. Elle a constaté que je n'étais plus le même et cela lui a suffi. Elle m'a complimenté sur toi et elle est partie. En riant…

Songeur, Lomfor laissa sa phrase en suspens. Tessa reprit :

– Tu vois, ton amie, une Aeleva, te l'assure : tu as quitté le mal. Pourquoi donc te jugerais-je ?

Lentement, Lomfor acquiesça. Il lui faudrait pourtant du temps pour accepter tout cela, se pardonner, sans magie pour le protéger de ses souvenirs. Alors qu'un grand poids quittait son cœur, un sentiment d'insécurité le saisit. L'adolescente avait dû ressentir la même chose car elle avait déjà dégainé son épée.

– Prends une torche, Tessa. Ce ne sont pas des loups.

– Mais…

– Fais ce que je te dis ! tonna Lomfor.

Il s'empara lui-même d'un tison qu'il tint à bout de bras, sa hache pointée en direction des gémissements qui s'élevaient maintenant en tempête. Les Ombres étaient sur eux.

Sineth luttait vaillamment, mais bientôt ses jambes ne la porteraient plus. Elle tournoyait sur elle-même, agitant des branches enflammées au bout de ses bras tendus. Pour l'instant, elle avait réussi à garder les monstres à distance. Mais les flammes faiblissaient. Encore une fois, la jeune fille s'avança vers l'une des araignées pour la forcer à rompre l'encerclement. Les crachements de la bête, la bave qui dégoulinait de sa gueule et ses pattes qui se dressaient spasmodiquement la repoussèrent. « Brûlez ! Brûlez ! » pensait Sineth, comme si sa seule volonté, en plus de la maintenir debout, pouvait détruire les araignées.

Elles étaient plus grandes que Sineth, impatientes et furieuses. Personne, jusqu'à ce jour, n'était venu les défier ainsi en brandissant des flammes sous leurs crocs. L'un des monstres surgit devant la paysanne, ses mandibules grinçant horriblement. Sans réfléchir, Sineth se plia en deux pour éviter l'attaque qui visait son cou. Un genou à terre, elle perdit encore du terrain. La puanteur des prédateurs envahissait ses narines, elle suffoquait. Malgré cela, elle se releva courageusement. L'une de ses torches s'éteignit, l'autre ne produisait plus qu'une faible lueur. Sineth tenta une dernière feinte en projetant la branche sur l'araignée la plus proche ; dans le même temps, profitant du bref décrochage de l'animal, elle se glissa entre ses pattes pour passer sous son corps immonde.

Vain effort ! La racinaire planta la pointe de sa griffe dans le mollet de la jeune fille. La terrible gueule, pleine de bave empoisonnée, s'entrouvrit.

Brunhof et Rhâakzi finirent par émerger de l'antre. Ils étaient épuisés, couverts de toile, mais heureux. À la lumière du feu qui mourait un peu plus loin, ils se dévisagèrent et s'étreignirent. Puis Brunhof éclata de rire.

– Elle est chouette, ton arme !

Rhâakzi baissa les yeux et vit ce qu'il avait ramassé dans la tanière et tenait à présent à la main : un fémur ! Un gros os qui avait dû appartenir à un animal de grande taille.

– Passe-moi ton épée, Brunhof. Ce truc est...

– Ah non ! C'est moi qui l'ai trouvée. Débrouille-toi avec...

Les deux hommes réalisèrent enfin où ils étaient et ce qui se passait autour d'eux.

Aussitôt, ils bondirent sur leurs pieds et chargèrent en hurlant les araignées qui encerclaient Sineth.

Celle-ci eut un pâle sourire en les regardant s'approcher. Elle rampa, se redressa et, malgré son mollet engourdi et blessé, courut vers eux. Avec l'avantage de la surprise et la colère contenue qu'ils laissaient maintenant éclater, les combattants réussirent à tuer deux des araignées, dont celle qui avait piqué Sineth. Mais les monstres, un instant désorientés par l'attaque soudaine, ne lâchèrent pas prise. Après tout, ils étaient sur leur terrain, le feu n'était plus une menace et les humains, passé leur éclat, titubaient de fatigue.

Les racinaires divisèrent leurs forces, se répartissant équitablement autour de leurs victimes. À bout, Sineth s'écroula, appelant la mort de toute son âme. Brunhof vit son arme de fortune happée par des mandibules longues comme le bras. Rhâakzi faisait face, seul, à quatre créatures ivres de rage.

Les flammes moururent.

À cet instant précis, la forêt – arbres, feuilles, mousse, rocs... la forêt entière ! – se mit à parler. L'air lui-même en fut ébranlé.

Chandelles évanescentes, les Ombres surgirent de la nuit. Elles arrivèrent lentement par l'étroit sentier près duquel Lomfor avait allumé son feu. Il n'y avait rien à faire, les deux compagnons le surent dès l'apparition des premiers spectres. Immatériels, ceux-ci flottaient au-dessus du sol et nulle arme de mortel n'avait prise sur eux.

La lueur qu'ils dégageaient chassa l'obscurité et l'on se serait cru en plein jour. Le chant de l'armée des morts cessa lorsqu'ils s'immobilisèrent, à quelques mètres de Lomfor qui se dressait en rempart devant Tessa. Pendant un instant, ils se dévisagèrent. Puis une Ombre se détacha des rangs lumineux. Almoë ! Incrédule, Lomfor le vit s'avancer vers lui, un étrange sourire aux lèvres. Le guerrier leva sa hache et la projeta sur l'Ombre. L'arme passa au travers de son corps. Le barbare jeta son arme et tenta d'attraper son ancien compagnon par le cou : il ne saisit que du vide.

– Laisse, Lomfor… dit soudain Tessa. Ils sont ici pour moi.

De fait, ignorant Lomfor, Almoë tendit une main vers la princesse, l'invitant à le rejoindre. Il procédait exactement de la même façon que le squelette avec lui. Tessa fit non de la tête et recula. Almoë s'approcha encore et posa ses doigts sur l'épaule de la jeune fille.

Les forces de vie, en lui donnant naissance, n'avaient pas doté l'être du vent d'appendices, de membres, de dents, de griffes, ni d'aucune arme naturelle permettant à une créature vivante de résister – au moins quelque temps – aux hostilités déclarées de ses prédateurs ou de ses ennemis. Plus exactement, les forces de vie ne lui avaient attribué ni violence, ni agressivité, ni méchanceté. Pouvoir, possession, conquête, défense, territoire, attaque, mensonge, vol… ces mots restaient étrangers au vocabulaire de la créature, si toutefois elle en avait un. Incapable de se projeter dans le futur, l'être du vent était pacifique, plus inoffensif qu'un moucheron, ce qui, vu sa taille, était une bonne chose pour lui.

Cependant, afin qu'il ne succombe pas au premier danger venu, on avait accordé à l'être minuscule une fantastique aura de vitalité suffisant à le protéger des périls les plus improbables. Chance, hasard, destin, bénédiction… selon les régions, les peuples et les croyances, cette force possédait plusieurs noms. Sans que la créature n'en sache rien, cette protection agissait dans les moments les plus inédits. Ce fut le cas lorsqu'elle se retrouva engluée dans la toile d'araignée : une jeune princesse désemparée, occupée à émietter des boulettes de mousse, la sauva ainsi d'une mort atroce. Pour l'heure, la créature du vent s'efforçait d'explorer le cuir chevelu de son hôtesse, inconsciente de la menace qui planait sur celle-ci…

Pendant le bref instant où la main translucide d'Almoë se posa sur l'épaule de Tessa, deux pouvoirs s'affrontèrent : le pouvoir de vie, qui protégeait l'être du vent – et par extension, l'adolescente qui l'hébergeait –, et le funeste pouvoir de mort incarné par le spectre. Le combat ne dura pas. Il s'acheva sans dommage par une retraite précipitée de l'Ombre qui avait reconnu la supériorité de son plus vieil ennemi.

La main de l'Elfe quitta l'épaule de la princesse, comme à regret.

– Tu gagnes. Pour l'instant..., souffla la mort par l'intermédiaire d'Almoë.

La vie ne répondit pas : sa créature était trop occupée à jouer dans les cheveux de Tessa.

Après un silence qui parut durer une éternité, Almoë recula et se tourna vers l'armée fantôme. Ses lèvres formèrent des mots inaudibles pour les vivants. Les Ombres grondèrent. D'un seul coup, leurs visages attentifs, fixés sur la jeune fille, se transformèrent en masques grimaçant de colère. Des armes spectrales furent tirées, des poings dressés ; des gorges hurlèrent des imprécations maléfiques. La houle parut gagner la forêt environnante. Lomfor et Tessa, inconscients de la lutte qui venait de se jouer, se regardèrent.

– Tu comprends ce qui se passe ? J'ai fait quelque chose qu'il ne fallait pas ? demanda Tessa.

Elle se gratta la tête : quelque chose la chatouillait.

– Aucune idée. J'ai l'impression que ça ne se déroule pas comme elles l'auraient souhaité.

Ils se turent, car les hurlements des Ombres gagnaient en intensité.

– Le prix n'a pas été payé ! vociféraient-elles. Prenons le grand guerrier !

Plusieurs fantômes s'avancèrent dans le désordre, leurs épées de brume pointées sur Lomfor. Mais ce n'étaient que de vaincs gesticulations, preuves d'une frustration légitime. En effet, le prix du passage des Voyageurs avait été fixé deux jours auparavant, lorsque le premier d'entre eux avait pénétré sous les arbres de la forêt des Ombres. Celles-ci avaient réclamé Almoë et Tessa, personne d'autre. Ce prix n'avait été qu'à demi réglé mais il n'était pas en leur pouvoir de changer les règles du jeu : elles ne pouvaient emmener Lomfor à la place de Tessa. Les Ombres, après avoir laissé éclater leur colère, battirent en retraite. Un à un, les spectres se détournèrent du petit sentier noyé dans la nuit.

Soulagés, cherchant encore à comprendre ce qui leur arrivait, les deux compagnons les virent se glisser entre les troncs vers leur domaine secret, au plus profond de la forêt.

L'écho de leurs pensées immortelles fit frissonner les arbres encore quelques instants. Tessa et Lomfor se retrouvèrent seuls.

– Ainsi Almoë fait désormais partie des Ombres ?

Tessa sentit les larmes lui monter aux yeux.

– Et Sineth ? Et le reste des Voyageurs ? Je n'en ai reconnu aucun parmi elles.

Lomfor ne répondit rien.

– Écoute Tessa…

– Quoi, elles reviennent ?

– Non. C'est autre chose.

Du fond des bois montait une rumeur étouffée qui enfla jusqu'à ce que la cime des arbres en frémisse. La forêt parlait et les mots jaillissaient de tous côtés, repris en chœur par des milliers de voix. Tessa mit les mains sur ses oreilles. Au même moment, beaucoup plus loin, sous les grands sapins noirs qui cachaient en leurs racines les tanières des araignées, Rhâakzi, Brunhof et Sineth entendirent les mêmes mots. Sous leurs yeux, ils virent détaler les racinaires dans le creux de leur antre.

La forêt parlait et voilà qu'elle demandait aux Voyageurs d'avancer sans crainte, de suivre la voie qu'elle leur indiquait. Le chevalier, le Nain, la paysanne, la princesse et le barbare n'avaient pas d'autre choix. Pris dans un rêve éveillé, ils se mirent en marche sur les sentiers qui s'ouvraient sous leurs pas.

L'aube grise et froide ne tarda plus et les frayeurs de la nuit s'atténuèrent.

Au petit matin, les cinq compagnons parvinrent ensemble – par des chemins différents – au centre d'une immense clairière tapissée d'une pelouse d'un vert éclatant. Dans un vaste cercle au milieu de celle-ci se dressaient une dizaine d'arbres comme les Voyageurs n'en avaient jamais vus. Tessa pensa aux tours d'une forteresse dont les pinacles disparaissaient dans le plafond des nuages. Ces géants semblaient ne jamais avoir porté de feuilles. L'écorce des troncs et des branches tortueuses était couverte de terre, de sable et de pierre. Et sur ce sol fertile poussaient d'autres arbres, une végétation aux formes douces et harmonieuses dont la taille réduisait Lomfor et ses compagnons aux proportions d'insectes.

Au pied de l'un de ces colosses, Tessa et ses amis retrouvèrent le restant de la troupe des Voyageurs qui attendaient leur venue depuis un long moment. Il y avait avec eux un grand nombre de gens que la princesse n'identifia pas immédiatement. À leurs visages défaits, leurs paquetages emballés à la hâte, elle finit par reconnaître en eux des habitants de la région d'Archst qui avaient fui les combats. Parmi cette foule, elle aperçut ses vieux amis, les enfants de la troupe des Joyeux Baladins. Ils se saluèrent de loin, car le temps n'était pas encore aux réjouissances. Répondant aux signes des Voyageurs heureux de les revoir sains et saufs, le groupe de Tessa atteignit Ôk, Larania et Elmin. Ils s'étreignirent en silence.

– Où sommes-nous ? s'écria enfin Tessa.

C'étaient ses premiers mots depuis qu'ils avaient pénétré en ce lieu. Émerveillée, elle se tordait le cou pour tenter d'apercevoir les cimes des arbres géants, enfouies dans les nuages gris.

– Au cœur de la forêt, tout simplement, répondit Elmin.

Lui aussi était enthousiaste.

– Ce qui nous arrive est tout simplement prodigieux. Nous nous situons, je pense, au centre d'une légende, là où la forêt prend racine. De mémoire de druide, aucun humain n'y a jamais été admis ! Regardez, mes amis, regardez !

Brunhof se baissa vers Rhâakzi et lui chuchota à l'oreille :

– Le pauvre, il ne voit rien.

Le druide l'avait entendu.

– Mais je n'ai pas besoin de voir. Il me suffit de respirer et d'écouter. La magie, le pouvoir qui règnent ici sont fabuleux. Ne le sentez-vous pas ?

Tessa acquiesça. Même si elle n'avait pas la sensibilité du druide, elle le comprenait maintenant, depuis ce fameux moment passé à un carrefour en compagnie d'une souche et d'un champignon. Là, au pied des grands arbres faits de bois, de pierre et de terre, il régnait une sérénité comme elle n'en avait jamais éprouvée.

– Est-ce grâce à… à eux, que nous nous retrouvons enfin ? Ce sont les arbres qui nous ont guidés ?

– Oui ! s'exclama le druide, exalté. Qui d'autre aurait pu réaliser ce prodige ?

Ôk intervint à son tour :

– Que s'est-il produit pour que la forêt nous accepte alors qu'elle nous était hostile ? Nous aurait-elle pris en pitié ?

– En pitié ? fit soudain une voix dure.

Les Voyageurs se retournèrent. Sineth, les yeux flamboyant de colère, fixait tour à tour le druide et le dragon. L'innocence et la pureté de son visage n'étaient plus. La haine et le ressentiment emplissaient ses traits et sa cicatrice n'en était que plus apparente.

– Je n'entends rien ici. Je ne sens rien. Et certainement pas de la pitié. À vrai dire, je me moque du pouvoir et de la magie des arbres. Qu'ils me rendent Almoë et je m'inclinerai ! Sinon, je ne verrai en eux que de cruels esprits s'amusant à nos dépens.

Trop surpris par le débordement de Sineth, les Voyageurs la laissèrent pénétrer dans le cercle des arbres ancestraux.

– Vous entendez ! cria la jeune femme défigurée. Rendez-moi celui que j'aime !

Il n'y eut aucune réaction de la part des arbres. Mais tous perçurent le changement dans l'atmosphère. Une brise froide souffla sur la clairière.

– Il ne faut pas… commença le druide en se dirigeant vers Sineth.

– Tais-toi ! lui ordonna Brunhof en le retenant par le bras, elle a le droit. Tu ne sais pas ce qu'elle a traversé. Ce que *nous* avons traversé…

Les yeux aveugles d'Elmin cherchaient Brunhof. Une ombre de colère passa sur son visage.

– La forêt ne comprend rien à nos histoires ! Elle nous a sauvés, elle garantit notre sécurité le temps que nous la traversions. Contentons-nous de cela. Lâche-moi maintenant et rattrapez cette fille !

Les choses s'envenimaient. Lomfor et Rhâakzi séparèrent les deux hommes. Mais Elmin fulminait.

– Que ferons-nous si nous mettons la forêt en colère ?

Un peu plus loin, Sineth hurlait et ses mots rebondissaient sur la pierre froide des colonnes gigantesques. Le vent forcit et un profond malaise s'empara de ceux qui assistaient à la scène. Rhâakzi recula craintivement. Tessa se serra contre Lomfor. Elmin se cacha le visage entre les mains.

– Avez-vous ri cette nuit ? Nos hurlements de terreur, nos pleurs vous ont-ils réjouis ? Pourquoi restez-vous silencieux ? Soyez maudits ! RÉPONDEZ-MOI !

Sineth tomba à genoux en sanglotant.

– Ô dieux, pourquoi faut-il que vous soyez si cruels ? Rendez-moi Almoë, je vous en supplie.

Ök et Larania pénétrèrent au centre de la clairière pour tenter de raisonner la jeune fille. La forêt choisit cet instant pour parler de nouveau. De la terre même montait un son grave et puissant.

– Il n'est pas en notre pouvoir d'accéder à votre demande.

Haineuse, Sineth se releva et, de son poing, frappa un tronc.

– Alors prenez-moi ! Je veux le rejoindre.

– Les Ombres règnent chez elles et nous régnons chez nous. Ce que vous demandez ne peut être réalisé.

La jeune paysanne, hagarde, regarda tout autour d'elle. Sa rage et sa frustration s'exprimèrent dans un hurlement terrible. Le cœur de la forêt parla encore :

– Partez. Partez maintenant par les chemins que nous traçons. La guerre qui arrive à l'est ne sera pas éternellement contenue. Quittez ces domaines en paix et ne revenez plus.

Le vent tomba d'un coup, le silence se fit. Stupéfaits, les Voyageurs n'osaient esquisser un geste. Sineth se laissa glisser contre le tronc.

– Mais je ne veux pas partir.

Sa colère s'était évanouie. Ce n'étaient plus que les larmes d'un chagrin d'enfant qui roulaient sur ses joues.

Epilogue

– Pî ! Pû !

L'agaçant petit piaillement était revenu. Tessa n'arrêtait pas de secouer la tête et d'agiter ses mains autour d'elle, à tel point que ses compagnons avaient fini par lui demander si elle se sentait bien... Pour l'heure, elle marchait avec Elmin et les Joyeux Baladins.

– Comment êtes-vous arrivés là ? demanda Tessa à Luq, le chef de la troupe.

Celui-ci, à son habitude, resta évasif.

– Nous donnions un spectacle à Archst. La guerre s'en est mêlée, et nous avons fui avec ceux qui ne voulaient pas rester. Dans la forêt.

– N'y voyez aucune jalousie, commença Tessa avec un sourire espiègle, mais je ne comprends toujours pas pourquoi la forêt vous a laissés tranquilles. Pas d'araignées, pas d'Ombres, vous avez eu de la chance ?

Elmin répondit à la place de l'enfant :

– Il nous ont rejoints peu après cette matinée de brume. À ce moment-là, la forêt savait déjà qui nous étions et ce qui se passait au-dehors. Ôk a sans doute raison, la forêt nous a pris en pitié et elle nous a guidés jusqu'en son sein.

« Un peu tard, sans doute » soupira Tessa. L'éclat de Sineth était encore dans sa mémoire et elle se tut. Le ciel gris devint noir avant de virer au blanc ; les nuages délivraient les premiers flocons de l'hiver. Lourds, épais et collants, ils tombaient en rangs clairsemés sur la forêt traversée par une allée rectiligne. Sur cette route, les Voyageurs, les Joyeux Baladins et les réfugiés d'Archst avançaient ensemble.

On n'entendait guère de chants et peu de paroles, mais l'ambiance restait détendue ; les inquiétudes viendraient en leur temps, dans un avenir plus ou moins proche, lorsqu'il faudrait quitter la protection de la forêt. Pour l'instant, le chemin était sûr, tracé pour eux par les arbres vers le sud, la seule voie qui restait ouverte à ceux qui fuyaient les troubles de la région.

Une nouvelle fois, Tessa repensa aux vieux géants dont les branches se perdaient dans le ciel. Au plus profond d'elle-même, la princesse garderait toujours un souvenir ému de ce temps passé en leur compagnie. C'était comme si elle avait parlé avec Désert Maître-Mort, le vieillard de cette légende qui n'en était pas une, puisque Lomfor l'avait rencontré.

– Qui sont ces arbres gigantesques ? demanda la jeune fille au druide, tout en suivant du coin de l'œil une démonstration des pouvoirs psychiques d'Eyott et de Timott.

L'un soulevait, par la seule force de son esprit, une multitude de petits cailloux, que l'autre plaçait en orbite autour de sa tête. Le tout sans effort.

– Les légendes des druides prétendent qu'ils ont été humains, qu'il fut un temps où ils parcouraient ces bois qu'ils auraient eux-mêmes ensemencés. Avec les siècles, ils se sont fixés, grandissant en se nourrissant de ce qu'ils avaient créé.

Timott se mêla à la conversation. Il avait un gros bleu sur le front, là où l'une des pierres projetées par son camarade l'avait heurté.

– Que s'est-il passé entre les grands arbres ? Vous faisiez une de ces têtes en sortant !

– Je n'ai pas envie d'en parler ! répliqua Elmin plutôt sèchement.

Il ralentit son pas et se laissa dépasser.

Tessa se mordit les lèvres. Elle savait pourquoi Elmin réagissait ainsi. Sineth… pauvre Sineth ! Elle résuma brièvement l'histoire au garçon, en commençant par la malédiction du sorcier. L'enfant se montra très intéressé par l'affrontement avec Erzech'Ûl. Il demanda qui il était et d'où il venait. Tessa jeta un coup d'œil en arrière. Lomfor marchait, seul et pensif. Il l'aperçut et lui fit un clin d'œil auquel elle répondit par un sourire. Elle était soulagée. Il lui faudrait sans doute encore beaucoup de temps avant d'assumer totalement le poids de son passé, mais il était sur la bonne voie. Concernant le barbare, la malédiction du sorcier était vaincue. Qu'en était-il pour elle-même ? Cette question angoissante restait pour l'instant sans réponse.

– Hé, Tessa, tu m'écoutes ?

La princesse revint sur terre, Timott l'interrogeait.

– Hein… ?

– Le sorcier, c'était qui ?

L'adolescente eut un pincement au cœur en pensant à l'avenir des Voyageurs. « Nous ne serons plus jamais en sécurité » avait dit Lomfor. Trouver un lieu où s'établir était déjà une épreuve sans fin, et voilà qu'il leur fallait fuir les armées d'un sorcier monstrueux.

– C'est le mal, à l'état pur ! Si tu le vois, cours, fuis-le, va-t'en très loin, sans te retourner ! s'exclama-t-elle en roulant de gros yeux vers Timott.

Cela, au moins, cloua le bec de l'enfant.

Plus loin, Brunhof et Rhâakzi devisaient.

– N'empêche, cette forêt aurait quand même pu nous éviter pas mal d'ennuis…, maugréa le chevalier.

– C'est vrai. Je me dis que les arbres, avec tout leur pouvoir, auraient pu faire quelque chose pour ma barbe, au moins. Tu ne crois pas ?

Elmin entendit les derniers mots du petit guerrier. Il se retourna, agacé, ses yeux aveugles fixant le vague.

– Veux-tu que nous échangions nos places ?

Honteux, le Nain remonta son foulard sur le bas de son visage.

Plus loin encore, dans les bois de la forêt des Ombres, une jeune femme errait au hasard, appelant et chantant le nom de l'être qu'elle aimait. Beaucoup plus tard, elle découvrit une jolie clairière traversée par un ruisseau à l'eau claire et chantante, à l'orée de laquelle vieillissait un chêne antique aux vastes ramures. Ici, à l'ombre de l'arbre et contre les restes éboulés d'une colline de pierres, Sineth dressa une maisonnette de bois et s'y établit, dans l'attente du retour de son amoureux.

La légende raconte qu'un jour, la chanson de la Jeune Fille au Triste Visage finit par émouvoir le cœur noir des Ombres.

À l'aube d'une froide journée d'hiver, un Elfe au regard lumineux franchit le seuil d'une modeste chaumière en bois. Il revenait d'un long, très long voyage…

Découvrez les autres épisodes des aventures de Tessa et Lomfor :

Le Rivage des Gobelins

Le Lac des Sans-Âme

Vous pourrez lire également aux Éditions Fleurus :

Dans la collection
Les Enquêtes du *Samovar*

Le *Samovar*, c'est d'abord une boutique d'antiquités de la petite ville de Port d'Amar. Mais c'est aussi (et surtout !) le quartier général d'une fine équipe de détectives : Lou, son copain Stan, le pro de l'informatique, et son oncle Constantin (un ancien capitaine de police), y dénouent toutes les intrigues. Meurtre, vol, disparition ? Les enquêteurs du *Samovar* sont à votre service…

Meurtre au Majestic

Raoul Vauthier, riche archéologue arrogant, vient à Port d'Amar pour y donner une conférence. Peu après son arrivée, il est découvert sans vie dans le bar de l'hôtel *Majestic*. Mort accidentelle ou assassinat ? Sept personnes étaient présentes dans la salle à l'heure du crime. L'une d'elles avait-elle intérêt à faire disparaître Vauthier ? Le *Samovar* enquête…

Eaux mortelles

Le tout récent centre de recherches sur la vie sous-marine de la Pointe du Perroquet est en deuil : sa fondatrice, la richissime Félicité Stapelton, a perdu la vie lors d'une sortie en mer. Une fausse manœuvre de navigation serait à l'origine du drame. Pourtant, dans l'esprit de Lou, Stanislas et Constantin, le doute subsiste : et si Félicité avait été assassinée ?…

L'Affaire Cornelius

Une vieille comédienne à la retraite rêve de remonter sur les planches, le temps d'un été. Elle réunit tous les membres de sa famille dans son château près de Port d'Amar, pour les faire jouer dans une pièce où elle a le premier rôle, celui d'un personnage qui se suicide au dernier acte. Pendant une répétition de la scène finale, l'actrice s'effondre… et elle ne joue pas la comédie !

La collection Z'azimut

Autour d'une même passion, six histoires courtes à dévorer !

Pour multiplier les plaisirs de lecture, chaque récit est écrit sur un mode narratif différent. Six genres sont rassemblés dans un même titre : humour, sentiments, policier, histoire vécue ou fait divers, frissons ou fantastique et science-fiction.

1. Archéologie
2. Sports de mer
3. Équitation
4. Danse (tome 1)
5. Chevaliers
6. Pirates
7. Vétérinaires
8. Détectives
9. Football
10. Cape et épée
11. Préhistoire
12. Sauvetage
13. Cinéma
14. Voile
15. Reporters
16. Égypte
17. Musique

18. Urgences
19. Loups
20. Félins (concours d'écriture 2001)
21. Dauphins
22. Rome antique
23. Danse (tome 2)
24. Espions
25. Chiens (concours d'écriture 2002)
26. Espace
27. Montagne
28. Explorateurs

Direction éditoriale : Christophe Savouré
Direction artistique : Danielle Capellazzi

Dépôt légal : septembre 2003
ISBN : 2 215 05231.7

Composition : Express Compo
Achevé d'imprimer en août 2003
sur les presses de l'imprimerie Rotolito en Italie
N° d'édition : 93497
Loi n° 49-956 du 16 juillet 1949 sur les publications
destinées à la jeunesse